AFFAIRES DU DIOCÈSE DE REIMS

MÉMOIRE EXPLICATIF

DEMANDÉ PAR S. EXC. Mgr LANGÉNIEUX

Archevêque de Reims

A M. PIERRE DEFOURNY

Curé de Beaumont en Argonne, Membre de la Société de l'Œuvre Apostolique.

—

INCIDENT

TYPOGRAPHIE DE PIERRE GROLLIER, RUE DU BAYLE

—

1877

L 27 n n
29643

AFFAIRES DU DIOCÈSE DE REIMS

MÉMOIRE EXPLICATIF

DEMANDÉ PAR S. EXC. Mgr LANGÉNIEUX

Archevêque de Reims

A M. PIERRE DEFOURNY

Curé de Beaumont en Argonne, Membre de la Société de l'Œuvre Apostolique.

—

INCIDENT

MONTPELLIER

TYPOGRAPHIE DE PIERRE GROLLIER, RUE DU BAYLE

—

1877

AFFAIRES DU DIOCÈSE DE REIMS.

—

INCIDENT

Un incident des plus graves par les tendances qu'il révèle et les conséquences qu'il amènera, vient de se produire à l'occasion du *Mémoire explicatif* sur les affaires du Diocèse de Reims, que Votre Éminence a jugé opportun de remettre aux mains de Sa Sainteté.

Lorsque ce Mémoire explicatif fut sur le point d'être terminé, la pensée me vint de le soumettre à plusieurs personnes recommandables : 1º pour avoir leur avis avant de le présenter à Monseigneur l'Archevêque ; 2º pour avoir ensuite, par leur intermédiaire, l'impression de personnages haut placés dans la hiérarchie de la Sainte Église de Rome ; 3º et enfin, s'il était possible, par l'intermédiaire de ceux-ci, pour obtenir de Sa Sainteté elle-même un ordre de jugement.

Ces trois objets ont été obtenus, et c'est Votre Éminence qui, à la prière des personnes dont j'ai parlé, a bien voulu, en présentant le dit Mémoire explicatif au Saint-Père, attirer l'attention de Sa Sainteté sur cette importante affaire.

Quand ensuite j'eus adressé, comme il était décent de le faire, un exemplaire du Mémoire à Mgr l'Archevêque, qui me l'avait demandé, Son Excellence a soulevé un incident des plus graves. Elle nie, dans une lettre adressée à moi-même, en termes très-durs, m'avoir jamais demandé rien de semblable ; elle me reproche d'avoir *menti* en affirmant ce fait, d'avoir abusé de son nom en mentionnant le dit fait dans le titre du Mémoire, et de m'être rendu coupable, à cette occasion, de plusieurs actes d'indélicatesse, de déloyauté et de fraude.

La responsabilité très-grave que j'ai assumée en dénonçant juridiquement les crimes de faux commis dans l'affaire de Neuvizy s'accroît considérablement, Votre Éminence s'en rendra aisément compte, par suite de ces reproches que le Révérendissime Archevêque articule contre moi.

Il importe donc extrêmement et à mon honneur, et à la cause que j'ai entrepris de soutenir, pour obéir aux injonctions contenues dans le Droit Pontifical, et énoncées notamment dans le canon *Qua propter*, émané du Saint Pape Gélase, que je puisse me défendre contre les reproches de mon dit Seigneur Archevêque de Reims. En effet, si je ne m'en défendais pas, et si (ce qu'à Dieu ne plaise) je venais à succomber dans la preuve que je suis tenu d'indiquer comme dénonciateur juridique, lorsque procédure et jugement interviendront, il en résulterait pour moi une aggravation énorme de la peine que j'aurais méritée, puisque je serais convaincu en outre, par le silence que j'aurais gardé sur ces reproches, d'avoir agi comme un menteur et un homme méchamment déloyal et fourbe.

D'un autre côté, la cause, telle qu'elle est exposée dans le *Mémoire explicatif*, et telle que je l'ai entreprise, contient deux parties distinctes : 1° La dénonciation juridique de quatre chefs de faux portés au Saint-Siége dans l'affaire de Neuvizy, avec obligation pour moi d'indiquer les preuves convenables, à l'encontre d'un Chapitre, d'un Conseil particulier de l'Ordinaire et des Vicaires généraux : chose déjà ardue en elle-même ; 2° les explications, tirées des circonstances des faits et de l'état disciplinaire de l'Église en France, lesquelles rendent raison de l'origine des faux et de la manière dont ils ont pu être perpétrés et portés à la Congrégation *super Episcopis et Regularibus*.

Or, soit pour l'exhibition juridique des dites preuves, qui seront contestées, soit pour établir le bien-fondé des dites explications, il m'importe grandement de ne pas rester sous le coup des reproches de mensonge et de fraude dont me charge le Révérendissime Archevêque. Car si je ne m'en défendais pas, ou si je ne réussissais pas à les repousser victorieusement, une très-forte présomption s'élèverait légitimement contre moi dans l'esprit des Juges apostoliques.

Enfin, les reproches de Monseigneur Langénieux pourraient être considérés comme équivalant en droit à une sorte *d'exception*, et si je ne la repousse pas, il se pourrait que je fusse tout à la fois débouté avant l'examen et le jugement de la cause, et exposé à des peines certaines et des plus sévères.

Je n'ai pas besoin de faire ressortir le déshonneur qui en rejaillirait sur la Société de l'Œuvre apostolique, dont je suis membre, laquelle a été deux fois bénie et encouragée par Notre très-Saint-Père Pie IX, et qui est en instance pour obtenir l'approbation solennelle du Saint-Siége.

Par ces motifs, il m'incombe de me défendre contre les dits reproches de mensonge et de fraude et de repousser l'exception. Et parce que Votre Eminence Révérendissime a voulu, après voir fait lecture du *Mémoire explicatif*, le présenter à Sa Sainteté, j'ai cru devoir lui adresser le présent écrit défensif sur *l'incident* dont il s'agit, en la priant, soit de le présenter aussi à Sa Sainteté Elle-même, si Votre Eminence le juge opportun, soit de le transmettre aux Juges apostoliques, auxquels Monseigneur l'Archevêque déclare lui-même s'en référer dans sa lettre sus mentionnée.

J'ai l'honneur d'être avec le plus profond respect,

ÉMINENTISSIME SEIGNEUR,

De Votre Éminence,

le très-humble et très-obéissant serviteur

PIERRE DEFOURNY,

Curé de Beaumont en Argonne, membre de la Société de l'Œuvre apostolique, dénonciateur juridique dans les affaires du diocèse de Reims.

Le 11 octobre 1876, l'auteur du *Mémoire explicatif* en annonçait l'envoi à Son Excellence Monseigneur Langénieux , par la lettre suivante :

« Beaumont en Argonne (Ardennes) , 11 octobre 1876.

» *A Son Excellence Monseigneur l'Archevêque.*

» Monseigneur,

» Il m'est doux de pouvoir remercier Votre Excellence pour la faveur qu'elle a bien voulu faire à l'Orphelinat de Beauséjour en autorisant le binage de M. le curé de Létanne à Beaumont. Dieu , dont les desseins impénétrables sont toujours miséricordieux, a permis , pour un plus grand bien sans doute , que ce petit établissement apostolique fût plutôt entravé et mal vu sous les administrations qui ont précédé la vôtre. Je n'en suis que plus reconnaissant à la Divine Bonté, qui tient en ses mains les cœurs, et qui a incliné le vôtre vers ces petits enfants recueillis par la charité laborieuse, nourris et chrétiennement élevés par elle.

» La conférence que Votre Excellence m'avait demandée a dû lui être adressée lundi dernier par M. le Doyen de Mouzou. J'ai la certitude que , en la lisant , vous n'y verrez que la vraie doctrine de l'Eglise et aucune intention étrangère. Je m'occupe aussi du travail convenu sur les statuts diocésains.

» Le Mémoire sur les affaires du Diocèse que Votre Excellence m'avait demandé lorsqu'Elle vint visiter ma paroisse, le 20 avril de l'année dernière, n'est pas encore achevé. Toutefois la plus grande partie est terminée.

« Après l'avoir élaboré avec le plus grand soin , je l'ai communiqué à plusieurs personnes recommandables, et j'ai voulu avoir leur avis avant de le présenter à Votre Excellence. S'il eût été blâmé ou trouvé inconvenant à quelque point de vue, je l'aurais supprimé et recommencé, sans aucune peine, n'ayant eu, en le rédigeant, que les vues les plus dégagées de toute considération humaine ou personnelle. Au reste, j'ai toujours demandé cette grâce à Dieu depuis l'origine de l'affaire, et je ne me suis jamais senti intérieurement gêné par des tentations de ce genre.

Aucun blâme n'a été formulé ; je n'ai découvert, après l'avoir fait lire à des personnes bien renseignées, que deux ou trois inexactitudes sur des points tout à fait accessoires et qui sont sans importance.

» Je puis donc le présenter en toute confiance à Votre Excellence. Elle en peut juger Elle-même par les extraits suivants de diverses correspondances :

EXTRAITS :

« X****

» Le Mémoire est accablant......»

« Rome.

» Hier matin j'ai eu un long entretien avec le Cardinal, à qui j'ai remis votre Mémoire sur l'affaire de Neuvizy. Je l'ai supplié de le lire, comme aussi de remettre aux mains du Pape l'exemplaire que je ferai relier en moire blanche aux armes de Sa Sainteté. Je remettrai personnellement les autres exemplaires aux personnages qui sont le mieux à même d'apprécier l'importance du Mémoire, et aurai l'honneur de vous dire l'accueil qui sera fait, et les opinions et réponses que j'obtiendrai. »

« Rome.

» Je vous serai reconnaissant de dire à M. l'abbé Defourny que son travail, relié en moire blanche aux armes pontificales, a été remis au Pape par le Cardinal. Son Éminence, qui est très-frappée de l'énormité du fait, a attiré l'attention de Sa Sainteté sur la nécessité d'une réparation. »

« Rome.

» Vous trouverez ci-contre la lettre de S. Émin., qui m'annonce la remise du livre à Sa Sainteté. »

« Rome.

» A X**** et à X****, on a admiré votre travail si correct, si doctrinal, si lumineux. »

« Lorette.

» ...... Mon ami le Chanoine est enthousiasmé : il dit que votre Mémoire est un vaste enseignement. — Vos lettres à *Rome* ont produit la plus vive sensation sur toutes les personnes qui les ont lues : M. le Chanoine L. en a fait la collection et les insère en partie dans son grand ouvrage philosophique et historique auquel il travaille depuis plusieurs années. »

Etc., etc.

» Peu sensible à la louange humaine et très-sensible au bien, qu'elle n'a jamais avancé, je m'aperçois que les suffrages en faveur du Mémoire sont mêlés d'éloges.

» Au-dessus des uns et des autres, je place, Monseigneur, la grâce inappréciable, au point de vue du bien, de nous trouver d'accord en toutes choses avec Votre Excellence, et de vous voir ajouter aux œuvres déjà faites et entreprises depuis moins de deux ans celle du patronage de l'Œuvre apostolique, pour laquelle des personnes considérables de diverses nations, vraiment dévouées à l'Église, ne cessent pas de s'intéresser, qui est si nécessaire pour la restauration des paroisses, et qui n'a pas été moins calomniée que le digne Curé de Neuvizy.

» C'est M. Maurice qui vous adressera le *Mémoire* ; les exemplaires sont entre ses mains.

» Je demeure avec un très-profond respect, Monseigneur, de Votre Excellence, le très-humble et obéissant serviteur.

» DEFOURNY.

» J'espère l'honneur de vous voir à Mairy prochainement. »

Dix-sept jours après, le 28 du même mois, Monseigneur Langénieux répondait en ces termes :

« Archevêché de Reims.

» Reims, le 28 octobre 1876.

» *Monsieur le Curé,*

» Avant de vous parler du Mémoire que vous m'avez adressé par M. l'abbé Maurice, je dois éclaircir un fait qui m'est personnel.

» Votre brochure a pour titre : *Affaires du Diocèse de Reims. — Mémoire explicatif demandé par S. Exc. Mgr. Langénieux, Archevêque de Reims, à M. l'abbé Defourny, curé de Beaumont en Argonne, membre de la Société de l'Œuvre apostolique. — Meulon. — Imprimerie de A. Masson. 1876. —* Et je lis à la première page : « Au cours de l'entretien que Votre Excellence
» voulut avoir avec moi le 20 avril dernier, au soir, dans cette
» même chambre où je prends la plume pour obéir à votre in-
» vitation en rédigeant ce Mémoire, Votre Excellence me dit,
» etc., etc. »

» Ainsi, Monsieur le Curé, vous affirmez que ce Mémoire vous a été demandé par moi, et comme vous comprenez toute la gravité de ce fait, vous indiquez le lieu, le jour et pour ainsi dire l'heure où vous avez reçu cette mission de votre archevêque.

» Or, tout cela est faux. Faux matériellement d'abord ; et comment aurais-je demandé ce Mémoire le 20 avril dernier, à Beaumont, où je ne suis allé qu'une seule fois, il y a dix-huit mois ?

» Mais pas d'équivoque. Je nie formellement vous avoir jamais demandé, en aucun temps, ni en aucun lieu, de Mémoire sur les affaires de Neuvizy. J'affirme, au contraire, vous avoir toujours dit, en toute rencontre, que je ne pouvais pas, que je ne voulais pas revenir sur un jugement de la Sacrée Congrégation, dans laquelle je vénère l'autorité du Souverain Pontife.

» Un tel démenti suffit assurément pour détruire toutes vos

affirmations. Mais la charité me presse de remplir envers vous jusqu'à la fin le devoir de pasteur : *Argue... in omni patientia.* Et pour vous éclairer, je vais reprendre le passé, sans craindre d'entrer dans quelques détails.

» Je vous ai vu pour la première fois en avril 1875, à Beaumont, deux mois après mon arrivée dans le Diocèse. Je vous donnais déjà, Monsieur le Curé, une preuve de bienveillance en visitant votre paroisse dès ma première tournée pastorale. Et j'eus lieu de m'en repentir. Vous m'adressiez, à l'Église, un long discours, vrai réquisitoire contre l'administration diocésaine, qui heureusement ne fut entendu et compris que par les quelques personnes dont j'étais entouré. Au presbytère, dans le tête-à-tête sollicité par vous, vous commenciez l'entretien par ces paroles étranges, restées gravées dans ma mémoire : «Vous avez du sang à votre soutane, vous êtes assis sur un trône ensanglanté. On dit que j'ai tué vos deux prédécesseurs, pour l'un c'est vrai, pour l'autre peut-être. » Dieu me fit la grâce de la patience, et je répondis en souriant que, si vous en vouliez tuer un troisième, j'étais là, ne tenant pas à la vie. A votre premier mot sur l'affaire de Neuvizy, je vous arrêtai, en disant que ma conscience me faisait un devoir de ne pas revenir sur une cause jugée par Rome. J'ajoutai que, inflexible sur ce principe, je serais cependant heureux de me montrer bienveillant et paternel envers les personnes, pourvu que mes actes de bonté ne servissent pas de prétexte contre la mémoire de mes prédécesseurs. — Du reste, vous mettiez alors au second plan les intérêts de M. l'abbé Maurice ; vous poursuiviez avant tout l'approbation de l'OEuvre apostolique, et vous me pressiez de l'accorder sur le champ. A cette condition, vous le rappelez dans le Mémoire, l'affaire de Neuvizy eût été terminée ; autrement, elle allait retomber tout entière sur moi. Mais quelle est cette œuvre ? son but, ses règles, ses membres ? etc., etc., autant de questions auxquelles il fut convenu que vous répondriez dans des notes qui devaient m'être remises à Saint-Walfroy, peu de jours après. Ces notes ne me sont jamais parvenues. Vous espé-

riez sans doute, Monsieur le Curé, arriver plus vite à l'approbation par la surprise qui m'était préparée à l'Orphelinat. Conduit par vous à l'écart, je me trouve tout-à-coup en présence
de quelques femmes vêtues de noir, qui tombent à genoux et
me supplient avec larmes de leur permettre, parce qu'elles mènent une vie religieuse, de porter sur la poitrine la croix encore cachée sous leurs vêtements. — Je ne voulus pas contrister
ces pauvres filles : Vous aurez l'essentiel, leur dis-je, si vous
portez la croix dans votre cœur. Plus tard, nous verrons.

» Vous avouerez, Monsieur le Curé, que cette première entrevue n'était pas faite pour vous gagner la confiance de votre
archevêque, et vous l'avez très-bien compris.

« Cependant, à quelques jours de là, vous reveniez à la
charge, et à Saint-Walfroy, au lieu des notes annoncées sur
l'OEuvre apostolique, vous me suggériez cette pensée : Puisque
Monseigneur ne veut pas s'occuper de Neuvizy, qu'il prie le
Pape de désigner un évêque auprès duquel on reprendra l'affaire.
Ma réponse fut péremptoire, et comme je manifestais mon éton-
nement de ce zèle indiscret, je recueillis cet aveu : Je suis l'a-
voué des prêtres contre leurs évêques.

» En septembre 1875, je vous donnai audience pendant la
retraite ecclésiastique; et un moment votre émotion fut si grande
que votre parole expira dans un trouble que je pris pour un
signe de repentir. Je vous engageai de ne plus vous mêler des
affaires du Diocèse, à vous occuper saintement de votre paroisse,
et à poursuivre vos travaux sur les grandes questions d'économie sociale et européenne. Vous me fîtes de bonnes promesses
en échange desquelles je vous bénis.

» Ce fut notre dernier entretien. Car on ne peut pas donner
ce nom aux paroles échangées le vendredi 29 septembre dernier,
en allant avec M. l'abbé Juillet de l'Archevêché au Grand-Séminaire. Vous demandiez le binage dans la chapelle de Beauséjour en faveur de quelques familles des environs. Cette permission accordée, on se sépara. Et voici que quelques jours
après, par cette même lettre qui me révèle l'existence et la

publication du Mémoire (1), j'apprends que j'ai enfin réparé les torts de mes prédécesseurs et justifié ma réputation d'ami des bonnes œuvres, en prenant sous mon patronage l'OEuvre apostolique, qui est, dites-vous, si nécessaire à la restauration des paroisses, et qui n'a pas été moins calomniée que le bon Curé de Neuvizy, et vous ajoutez que, au-dessus de tout, vous mettez la grâce inappréciable au point de vue du bien de vous trouver d'accord en toutes choses avec moi.

» Quel nom donneriez-vous, Monsieur le Curé, à l'homme qui eût tenu à votre égard une telle conduite? Pour moi, j'y reconnais le châtiment que Dieu inflige aux âmes passionnées. Les plus intelligentes et les plus habiles finissent par tomber dans des fautes très-graves ; et tel est leur aveuglement, qu'elles s'en glorifient.

» Que prouvent, en effet, toutes ces lettres que vous auriez reçues de France et d'Italie, sinon que vous avez surpris la bonne foi de vos lecteurs en vous couvrant de mon autorité? Et qui donc pourrait supposer que je ne vous ai jamais demandé le Mémoire; qu'il n'y a pas eu d'entretien à Beaumont depuis dix-huit mois ; que le nom de Monseigneur Langénieux a été mis à côté de celui de M. l'abbé Defourny sans autorisation ; et enfin, que la brochure a été composée, imprimée et distribuée à l'insu de l'Archevêque?

» Après de tels actes, le moins scrupuleux serait malheureux et humilié ; et vous, Monsieur le Curé, vous êtes satisfait et vous triomphez ! Vous n'ignorez pas cependant que diffamer le dernier des criminels avant la sentence du juge, est une grande iniquité. Vous parlez sans cesse de justice. Hé bien ! c'est par amour pour la justice, que je proteste de toute l'énergie de mon âme contre l'usurpation que vous avez faite de mon nom, dans le but d'assurer le succès de vos attaques contre les plus vénérables prêtres de mon Diocèse, contre le Chapitre, les Vicaires généraux et les Archevêques mes prédécesseurs.

(1) Ma lettre ne révèle nullement la *publication* du Mémoire.

» Laissez-moi vous le dire , Monsieur le Curé , et je le dis sans amertume, dans votre intérêt : Ici, il ne s'agit plus de Mgr Gousset, ni de Mgr Landriot en lutte avec M. l'abbé Maurice ; c'est moi, votre archevêque, qui vous surprends, vous, Monsieur l'abbé Dufouruy , en flagrant délit de fautes graves contre ces lois qui obligent , non-seulement le prêtre, mais tout homme d'honneur : la vérité et la justice. Et si je vous le fais sentir, c'est dans l'espérance de réveiller votre conscience. Au fond de tout cela, Dieu met une grâce, et l'humiliation produit plus facilement le repentir , qui ne perdra jamais ses droits sur mon cœur de père.

» C'est à ce titre que je vous adresse encore quelques paroles : Vous ne cherchez, dites-vous , que la gloire de Dieu. Illusion : *Viæ Domini rectæ!* quelle gloire, en effet, peut résulter pour Dieu de tant d'accusations qui viennent d'une passion aveugle bien plus que de l'amour sincère de la justice et dont les contradictions sont évidentes? Pour réhabiliter et glorifier vos amis, faut-il mettre au pilori tous vos supérieurs depuis dix années? Quelle honte vous jetez ainsi sur le digne clergé de Reims , sur tout le sacerdoce , sur l'Église ! Et c'est à l'heure où tant d'ennemis du dehors nous attaquent l'honneur, que vous , le fils de la maison, qui pourriez, par l'intelligence , être l'honneur du foyer, semez la division, le mépris, la haine entre des frères? Si jamais les feuilles mauvaises venaient à connaître votre libelle, quelles armes vous auriez fournies pour détruire le peu qui reste de respect envers le prêtre? Votre main n'a pas tremblé en écrivant ces outrages aux morts, et ces imputations méchantes que les plus implacables n'oseraient pas formuler ? Avec quelle douleur les fidèles verraient outragés tous ceux qu'ils vénèrent , et quel scandale pour leur foi !

« Deux routes s'ouvrent devant vous , Monsieur le Curé : rentrer franchement en vous-même et demander à la miséricorde un pardon qui ne vous sera pas refusé, à la condition toutefois d'une réparation en rapport avec l'offense faite au clergé de Reims ; ou bien poursuivre l'affaire devant le tribunal compé·tent , et nous vous y suivrons pour demander justice.

» Si telle était votre résolution, vous devriez m'envoyer sans retard des exemplaires du Mémoire, pour ceux que vous mettez en cause.

» En attendant, je réprouve le Mémoire dans tout son ensemble, comme j'en ai condamné le titre.

» Mais je sais que ni mes paroles ni mes actes ne pourront toucher votre cœur, si Dieu n'intervient par une grâce efficace. Aussi, je le conjure, en ce jour, troisième anniversaire de ma consécration épiscopale, de ne pas laisser se consommer, sous mes yeux, la faute d'un de mes prêtres qui reste, malgré tout, l'objet de mon religieux et paternel dévouement.

† B. M., Arch. de Reims.

Les reproches et les inculpations contenus dans cette lettre sont nombreux. Nous les repousserons successivement, en nous efforçant de rétablir la vérité sur chacun de ces reproches et chacune de ces inculpations, et en gardant le respect qui est dû à la haute dignité de Son Excellence, déplorant amèrement d'être forcé à reprendre la plume.

I

Le fait capital et le premier reproche énoncé est le démenti formel infligé à l'auteur du <i>Mémoire explicatif</i> au sujet de la demande qui lui aurait été faite d'écrire ce Mémoire, par le Révérendissime Archevêque. Son Excellence s'exprime sur ce point en ces termes :

« Tout cela est faux... Pas d'équivoque, je nie formellement vous avoir jamais demandé, en aucun temps et en aucun lieu, de mémoire sur les affaires de Neuvizy...

» Un tel démenti suffit assurément pour détruire toutes vos affirmations. »

On voit par ces derniers mots que le Révérendissime Auteur de la lettre du 28 octobre compte absolument sur sa parole d'évêque pour démentir efficacement un prêtre, au sujet d'un fait tel qu'une conversation qui a eu lieu en tête à tête et sans témoins. Si cela était, et qu'il suffit du démenti de l'évêque pour convaincre le prêtre de mensonge, ce serait un malheur pour moi. Mais, en droit, cela n'est pas ; et aucun canon, à ma connaissance, ne porte que l'évêque sera cru, sans preuves, contre le prêtre. Toutefois, j'ai senti qu'un démenti aussi catégorique de la part de mon supérieur ordinaire était de nature à me nuire dans l'esprit des Juges, et que la seule assertion contraire de ma part ne pouvait suffire. C'est pourquoi, en invoquant pendant ces fêtes (1), le secours de Dieu et de ses Saints, j'ai fait et fait faire des recherches pour pouvoir corroborer mon assertion à l'encontre de celle de Son Excellence, et les recherches ont abouti. Qu'il me soit seulement permis d'attirer l'attention de Sa Sainteté et celle de ses Juges sur la difficulté que je viens de signaler, savoir : de prouver ce qui s'est dit ou ne s'est pas dit dans une conversation en tête à tête et sans témoins, et lorsque, des deux interlocuteurs, l'un affirme et l'autre nie.

Mgr l'Archevêque commence par m'infliger un *double* démenti, en ce qui porte d'un côté sur le fait de l'invitation qu'il m'aurait adressée de rédiger le Mémoire, de l'autre sur l'époque à laquelle il m'aurait adressé cette invitation, dans un entretien tête à tête. — Occupons-nous d'abord de l'époque.

« Monsieur le Curé, avant de vous parler du Mémoire que vous m'avez adressé par M. l'abbé Maurice, je dois éclaircir un fait qui m'est personnel. Votre brochure a pour titre : Affaires du diocèse de Reims. Mémoire explicatif demandé par Mgr Langénieux à M. l'abbé Defourny, curé de Beaumont en Argonne, membre de la Société de l'Œuvre apostolique. Meulon, imprimerie de A. Masson, 1876. Et je lis à la première page : Au cours de l'entretien que Votre Excellence voulut avoir avec moi le 20 avril dernier au soir, dans cette même chambre (2)

(1) Les fêtes de la Toussaint.
(2) Monseigneur écrit : *chambre ;* le Mémoire imprimé porte : *salle.*

où je prends la plume pour obéir à votre invitation, Votre Excellence me dit : etc., etc. — Ainsi, Monsieur le curé, vous affirmez que ce Mémoire vous a été demandé par moi. Vous ne l'écrivez que par obéissance, et comme vous comprenez toute la gravité de ce fait, vous indiquez le lieu, le jour et pour ainsi dire l'heure où vous avez reçu cette mission de votre archevêque.

« Or tout cela est faux. *Faux matériellement d'abord.* Et comment vous aurais-je demandé ce mémoire le 20 avril dernier, à Beaumont, où je ne suis pas allé depuis dix-huit mois? »

Si le supérieur donnant un démenti à son inférieur devait être cru sur parole, je le répète, me voilà convaincu, dès les premières lignes du Mémoire, d'avoir écrit un faux des plus impudents, des plus maladroits et des plus inutiles. Je dis des plus *impudents*, puisque j'aurais eu l'audace d'inventer un voyage de Son Excellence à Beaumont, qui est une des paroisses les plus éloignées de la Métropole. Des plus *maladroits*, puisqu'il est si facile de constater les visites des archevêques, lesquelles se font toujours avec une grande pompe extérieure, et n'ont eu lieu à Beaumont, durant un demi-siècle, que rarement (1). Des plus *inutiles*, puisque Monseigneur avoue lui-même, dans sa lettre du 28 octobre, que j'ai eu trois entretiens avec lui, ayant roulé tous les trois sur le litige, et qu'il m'était facile, par conséquent, si j'avais voulu mentir, de rattacher le prétendu mensonge à l'un de ces entretiens.

Il est bien vrai que le Mémoire commence ainsi : « Le 20 avril dernier, » et que nous sommes en 1876. Mais le Mémoire a été rédigé pendant l'hiver dernier, celui de 1875, et imprimé au printemps suivant; et il n'est ni impossible ni difficile de s'en apercevoir, pour celui qui l'a lu, et de constater

(1) Lorsque S. E. le Cardinal Gousset visita Beaumont, en 1856, il y avait vingt-trois ans que Beaumont en Argonne, paroisse de quatorze cents âmes, n'avait pas vu d'évêque; Mgr Landriot ne l'a pas visité.

que le « 20 avril dernier » n'est autre, lorsque le Mémoire
fut écrit, que le 20 avril 1875, le 20 avril d'il y a dix-huit
mois, époque à laquelle Monseigneur reconnaît avoir visité ma
paroisse.

Cela, dis-je, n'est ni impossible ni difficile. Car dès la
page 6 du Mémoire, on lit :

« Votre Excellence s'est servie, en s'entretenant avec moi
pendant la dernière retraite ecclésiastique, de l'expression *grandes
misères,* » en parlant des affaires de Neuvizy.

La *dernière retraite ecclésiastique* dont il est question ne
peut être que la seconde retraite donnée au mois de septembre 1875, à laquelle Monseigneur reconnaît lui-même, dans
sa lettre, que j'ai assisté. Il ne peut pas s'agir là de celle qui
s'est donnée du 24 au 29 septembre 1876, puisque j'ai annoncé
l'envoi du Mémoire à Son Excellence le 11 octobre suivant, et
ce n'est pas en dix jours, du 30 septembre au 11 octobre, que
l'on imprime un volume de 177 pages grand in-8°, qu'on l'envoie à Rome, qu'il s'y lit, et que les lettres contenant les
appréciations reviennent par voie directe et même indirecte à
Beaumont en Argonne.

Aux pages 53 et 54, on lit encore :

« Au mois de septembre dernier, M. Richard, qui savait que
Votre Excellence m'avait chargé de lui écrire un Mémoire, me
dit : N'oubliez pas de raconter comment les persécuteurs de
M. Jullion ont agi envers moi, à cause de lui ; cela aidera Monseigneur à mieux comprendre l'affaire de Neuvizy. — Tout en
lui témoignant de la répugnance à mêler une affaire avec une
autre, j'écoutai son récit, mais sans une attention suffisante, et
en lui disant : Vous m'écrirez cela *lorsque je travaillerai* au
Mémoire ; si j'en ai besoin, je m'en servirai. *Il y a quelques
jours*, je lui rappelai cet incident, en le priant de m'envoyer la
notice promise. C'est l'expression dont je me servais. Je trans-
cris ici sa réponse : « *Les Mesneux*, lundi *17 janvier 1876.* »

« Au mois de septembre dernier ; » « il y a quelques *jours*, »
« le 17 janvier 1876 ; » tout cela est clair. Il n'y a pas de mois

2

de janvier entre le 20 avril et le 11 octobre. Le mois d'avril dont il est question à la première page du Mémoire est donc bien, d'après le Mémoire lui-même, le mois d'avril qui a précédé le mois de septembre 1875 et le mois de janvier 1876. Cela était très-facile à constater. Mgr Langénieux ne peut répondre qu'il ne l'a pas lu, ou qu'il n'en a lu que les premières lignes ; car il l'apprécie dans sa lettre. Il le juge même, tout en écrivant à M. Maurice qu' *il a les mains liées* (1), » et à moi qu' « il me suivra devant le Tribunal compétent. » — « Si telle est votre intention, nous vous suivrons devant le Tribunal compétent, pour demander justice. *En attendant*, je *réprouve* le Mémoire dans *son ensemble* comme dans son titre. »

Le démenti que m'inflige Monseigneur relativement à l'époque de l'entretien dans lequel, d'après moi, Son Excellence m'a demandé le Mémoire, n'est donc nullement fondé.

Venons au fond.

II.

Monseigneur écrit : « Tout cela est faux... Je nie formellement vous avoir jamais demandé en aucun temps, ni en aucun lieu, de Mémoire sur les affaires de Neuvizy. Un tel démenti suffit assurément pour détruire toutes vos affirmations. »

Comment faire pour démontrer que Monseigneur m'a demandé le Mémoire, à Beaumont en Argonne, dans la conversation du 20 avril, en tête-à-tête et sans témoins ? Encore une fois, l'entreprise est ardue. Dieu aidant, et avec le respect et la tristesse qui ne quittent point mon cœur, je la tenterai.

Je cite d'abord une lettre authentique écrite par M. Maurice à Son Excellence très-peu de temps après l'entretien du 20 avril, à Beaumont, et du 28 du même mois, à Saint-Walfroy. J'avais rendu compte par lettres à cinq personnes et notamment à M. Maurice du résultat des deux entretiens ; et le 19 mai, M. Maurice écrivait à Monseigneur la lettre dont voici un extrait :

(1) Voir *Pièces justificatives*, XI.

« Neuvizy, le 19 mai 1875.

MONSEIGNEUR,

« M. le Curé de Beaumont m'a rendu compte des deux entretiens qu'il a eus avec Votre Excellence *au sujet de l'affaire de
Neuvizy.*

» Je l'ai appris avec satisfaction, vous avez chargé M. le Curé
de Beaumont de rédiger un Mémoire exposant la cause. Je m'en
réjouis d'autant plus, etc.

» JH. MAURICE (1). »

Monseigneur ne répondit à M. Maurice et ne chargea personne de ce soin. La lettre est sûrement parvenue à Son Excellence, puisqu'Elle a déclaré Elle-même à M. Maurice, quatre
mois après, l'avoir envoyée à Rome. Mais il ne résulte pas
moins de la lettre de M. Maurice et du silence de Monseigneur :
1° que je croyais que Monseigneur m'avait demandé le Mémoire ;
2° que Monseigneur en a été informé on ne peut plus catégoriquement, par M. Maurice ; 3° qu'il n'a détrompé alors ni depuis,
sur ce point, ni M. Maurice, ni moi. Et c'est seulement le 28 octobre 1876 qu'il me dit pour la première fois qu'il ne m'a jamais demandé de Mémoire sur les affaires de Neuvizy.

Il sort de là logiquement qu'il ne devait pas m'infliger un démenti, ou que si, en effet, j'ai menti, Monseigneur a été, par son
silence, le complice de mon mensonge, depuis le 19 mai 1875
jusqu'au 28 octobre 1876.

Mais je n'ai pas menti, et je ne me suis pas trompé. Voici un
document authentique et plus irrécusable encore, puisqu'il
émane de Monseigneur lui-même. Ce document, bien étudié,
laisse voir très-suffisamment que Monseigneur lui-même croyait
encore, *moins de quinze jours* avant le 28, *croyait encore*, dis-
je, qu'*il m'avait demandé un Mémoire*, ou quelque chose d'équi-
valent, *sur les affaires de Neuvizy*, en un *temps* et en un *lieu*
déterminés.

(1) Voir *Pièces justificatives*, VI.

Pour bien saisir le sens exact, et tout le sens de cette dépêche, il est utile de la faire précéder par la dépêche de M. Maurice, à laquelle la dite lettre est une réponse.

M. Maurice écrivit donc à Monseigneur, en lui transmettant le Mémoire, à la date du 12 octobre dernier (1), une lettre qui commence par ces mots :

« Monseigneur,

» Je vous envoie, quoique inachevé, le Mémoire de M. l'abbé Defourny... »
et qui finit par ceux-ci :

« ...Voici donc le Mémoire. Quoiqu'il y manque encore un certain nombre de pages, il ouvre l'éclaircie. »

Il s'agit bien ici, on le voit, du Mémoire exposant la cause de Neuvizy, mentionné dans la lettre du 19 mai. Cela ne peut présenter l'ombre d'un doute.

Monseigneur, en répondant à cette lettre le 15 octobre suivant, le 15 octobre dernier, 1876, débute par quelques lignes d'exorde ; puis, il entre en matière en ces termes :

« Il y a dix-huit mois, en effet, j'attendais quelques notes qui devaient m'être remises sans retard et qui devaient rester toutes intimes ; car j'arrivais à Reims avec la résolution de me faire auprès de la Sacrée Congrégation qui venait de vous condamner, votre intercesseur, » etc. (2)

Il y a dix-huit mois : Voilà bien l'entretien du 20 avril. — Il y a dix-huit mois, *en effet* : voilà bien la réponse au commencement et à la fin de la lettre de M. Maurice (*Monseigneur, je vous envoie le Mémoire ; voici donc le Mémoire*). — J'attendais *quelques notes* qui devaient m'être remises sans retard, et qui devaient rester toutes intimes, *car* j'arrivais à Reims avec la résolution de me faire auprès de la Sacrée Congrégation votre intercesseur.

(1) Voir *Pièces justificatives*, X.
(2) Voir *Pièces justificatives*, XI.

Quelques notes ? Qu'y a-t-il sous ces deux mots, sous ce vêtement bien mince et bien pauvre? L'Œuvre apostolique? le vêtement lui conviendrait. Mais c'est impossible. M. Maurice n'en a jamais parlé à Monseigneur, ni dans ses lettres, ni de vive voix. Monseigneur non plus ne lui en a pas parlé, ni écrit. M. Maurice ne lui a parlé que du Mémoire exposant sa cause, dans sa lettre du 19 mai, et Monseigneur ne lui a parlé que de sa cause, à la retraite du mois de septembre suivant. La lettre de Monseigneur devient inintelligible, si l'on veut que les *quelques notes* qu'il m'avait demandées, ou qu'il demandait, signifient des renseignements sur l'Œuvre apostolique, à l'exclusion des affaires de Neuvizy.

En effet, essayons de remplacer les « affaires de Neuvizy » par « l'Œuvre apostolique » dans le texte examiné, et faisons parler Monseigneur à M. Maurice le 15 octobre, comme il me parle à moi-même le 28, treize jours après. Voici ce que Son Excellence aurait écrit à M. Maurice :

« Il y a dix-huit mois, en effet, j'attendais quelques notes de M. Defourny ; mais c'était sur l'Œuvre apostolique, et je ne lui ai jamais demandé en aucun temps, ni en aucun lieu, de notes sur vos affaires ; j'attendais ces notes sur l'Œuvre apostolique, parce que (car) je voulais me faire auprès de la Sainte Congrégation qui venait de vous condamner, votre intercesseur pour pouvoir être bon envers vous. »

Cela n'a plus de sens, ou plutôt c'est un contre-sens.

Il faut remarquer que nous ne forçons pas les termes, et que Monseigneur lui-même, dans sa lettre du 28 octobre, affirme catégoriquement qu'il n'a jamais entendu que l'affaire de Neuvizy fût jointe à celle de l'Œuvre apostolique. Il y déclare à plusieurs reprises qu'il voulait des notes sur l'Œuvre apostolique, et non pas sur les affaires de Neuvizy ; que c'est moi, au contraire, qui, malgré lui, voulais lui en écrire sur les affaires de Neuvizy, et qui, malgré ce qui était convenu, ne les lui ai pas envoyées.

On lit, en effet, d'une part , dans la lettre du 28 octobre :
« Quelle est cette œuvre ? son but, ses règles, ses membres ?
» etc., etc. Autant de questions, auxquelles *il fut convenu* que
» vous répondriez dans des notes qui devaient m'être remises.
» Ces notes ne me sont jamais parvenues. »

Et d'autre part : « Je nie formellement vous avoir jamais de-
» mandé en aucun temps, ni en aucun lieu, de mémoire sur les
» affaires de Neuvizy. J'affirme au contraire vous avoir toujours
» dit, en toutes rencontres, que je ne pouvais pas , que je ne
» voulais pas revenir sur un jugement de la Sainte Congréga-
» tion. »

Il n'est pas possible de désirer rien de plus explicite pour affirmer qu'il ne m'a jamais été rien demandé , ni notes, ni mémoire ayant trait, d'une manière quelconque, aux affaires de
Neuvizy.

Mais c'est le 28 octobre que Monseigneur s'exprime ainsi.

Le 15 du même mois, treize jours auparavant, il a parlé à
M. Maurice dans un tout autre sens.

Il n'est pas jusqu'à la phrase explétive : *Et qui devaient rester
toutes intimes*, qui ne décide la pensée intime qu'avait Monseigneur au moment où il écrivait à M. Maurice, le 15 octobre.
Quelle grande nécessité y avait-il que des notes sur l'OEuvre
apostolique, sur son but, ses règles, ses membres, dussent rester
si *intimes ?* Il ne s'agit donc pas là, et cette phrase explétive le
montre bien aussi, de l'OEuvre apostolique, mais bien du Mémoire sur les affaires de Neuvizy, envoyé à Rome.

En résumé : 1° Monseigneur Langénieux avait reçu de M. Maurice une lettre datée de quelques jours après les entretiens,
dans laquelle M. Maurice dit en termes formels à Monseigneur
Langénieux que Son Excellence m'avait chargé de rédiger un
Mémoire exposant sa cause, et qu'il s'en réjouit. 2° Mgr Langénieux n'a pas démenti le fait, et n'a pas détrompé M. Maurice.
5° M. Maurice lui a écrit le 12 octobre qu'il lui envoyait le Mémoire. 4° Monseigneur Langénieux, en répondant le 15, ne nie
pas qu'il m'ait demandé le Mémoire ; au contraire, il le reconnaît,

tout en disant qu'il ne s'agissait que de notes, lesquelles devaient lui être remises sans retard et devaient rester tout intimes, ajoute-t-il (nous verrons plus loin ce qu'il faut penser de cela); 5°, et parce que le Mémoire (transformé par Monseigneur en *quelques notes*) n'est pas resté tout intime, et que j'ai osé écrire dans le titre du Mémoire que Monseigneur me l'avait demandé, Monseigneur écrit à M. Maurice, en me taxant d'indélicatesse et de déloyauté. 6° Dans la lettre que Mgr. Langénieux m'écrit le 28, en réponse à la mienne du 11, il va plus loin : il nie ce qu'il a reconnu treize jours auparavant en écrivant à M. Maurice, et nie formellement qu'il m'ait jamais demandé le Mémoire, ni rien de semblable ; il me taxe d'audace, d'indélicatesse et de déloyauté, et m'injurie en m'infligeant un démenti.

Ce second démenti, est-ce que je le mérite encore ?

III

Dans sa lettre du 28 octobre, Mgr. Langénieux relate les entretiens qu'il a eus avec moi en commençant par ceux de Beaumont et de Saint-Walfroy. Je suis obligé d'opposer mon récit ; je vais le faire et en montrer la vérité. Que le respect ne quitte point mon cœur et ma plume ! Je me trouve en mesure d'appuyer mon récit sur des documents qui datent du lendemain même des deux entretiens. Voici comment. J'en ai rendu compte, par correspondance, je l'ai dit plus haut, à M. Maurice et à cinq personnes, prêtres et laïes, qui s'intéressaient aux deux causes connexes de Neuvizy et de l'Œuvre apostolique, et qui attendaient avec anxiété de savoir l'attitude que prendrait notre nouvel Archevêque. Lorsque je reçus la lettre du 28 octobre, je compris sur le champ la situation que Son Excellence voulait me faire, et le danger que la cause du droit allait courir, si je ne parvenais à dégager la vérité et à repousser les reproches et les inculpations de mensonge, d'indélicatesse et de déloyauté articulés contre moi. C'est pourquoi j'écrivis aux personnes que j'avais informées il y a dix-huit mois, pour leur demander si elles avaient conservé mes lettres, et les prier de faire des recherches. La Providence a voulu que deux d'entre elles les aient retrouvées. J'ai la copie de deux de ces lettres, et je possède déjà l'original d'une troisième. Ces lettres avec d'autres se trouveront au dossier, en original ou en copies dûment expertisées, et appuyées encore du témoignage des destinataires et de ceux à qui elles furent communiquées, hommes des plus intègres et des plus honorables. Un d'entre eux est commandeur de l'Ordre de Malte et camérier de cape et d'épée de Sa Sainteté Notre Saint-Père Pie IX.

Pour l'intelligence du récit, il faut se rappeler que j'avais toujours songé à reprendre personnellement l'affaire de Neuvizy à Rome, *au point de vue des crimes de faux,* et que je m'étais résolu à la reprendre personnellement sur ces chefs, aussitôt que je le pourrais, dès 1871 ; que j'étais allé, à cet effet, adresser une mention respectueuse et conciliante tout ensemble à Monseigneur Landriot, le 22 novembre 1872, et en même temps, que j'avais toujours subordonné la réalisation de ce projet à la grande affaire de l'approbation Pontificale de l'OEuvre apostolique, à laquelle l'affaire de Neuvizy faisait obstacle. Les personnes avec qui je suis en relations, en témoigneront si cela est nécessaire ; je nomme ici le R. P.

M.

M.

et j'offre leurs témoignages si les juges le désirent.

Il est donc bien aisé de comprendre comment l'objection de *la cause jugée,* de Monseigneur Langénieux, qu'il formula à peine dans l'entretien du 20 avril, qui n'avait pas de portée dans l'espèce, et qu'il dit aujourd'hui, bien à tort, avoir été sa seule réponse, fut bientôt écartée, tant par lui-même que par moi.

Maintenant je cite les documents.

La première lettre, adressée à M. Maurice, ressemble à une dépêche télégraphique, et elle en a tout le laconisme :

« Beaumont, lendemain de Mouzou (1).

« Monseigneur a dit qu'il ne pouvait rien faire pour l'OEuvre apostolique, pour M. Jullion, *avant d'avoir jugé* ; qu'il était chargé de cela. Il est convenu que je lui ferai un Mémoire.

« DEFOURNY. »

Rien faire pour l'OEuvre apostolique, pour M. Jullion. Voilà bien le refus du certificat de bonne vie et mœurs sacerdotales dont parle le Mémoire explicatif.

Avant d'avoir jugé. Pour M. Maurice cette expression était claire, et ne pouvait s'entendre que d'un jugement sur sa cause. Au reste, l'obscurité apparente de cette expression est une preuve que ni lui ni moi n'avons inventé ou fabriqué cette lettre après coup, et que je lui écrivais ainsi de bonne foi.

L'obscurité apparente va disparaître.

A M. l'abbé Maurice,

« Beaumont en Argonne, 23 avril 1873 (1).

« Mon cher ami,

« Monseigneur l'Archevêque a eu à Beaumont une réception magnifique : il y manquait la musique et les pompiers ; la société musicale est dissoute depuis la guerre, et les pompiers n'ont plus de sabre ni d'habits depuis la même époque. Sauf ces deux détails, qui ne sont que négatifs, l'obstacle, comme vous me l'avez écrit, s'est changé en moyen. A l'église, quinze oriflammes et des branches de sapin tout autour des piliers et des murs. La table était magnifique aussi, parce que M. Mathis et

(1) En quittant Beaumont en Argonne, Mgr Langénieux alla visiter la paroisse de Mouzou, le 22 avril 1873. Je fus invité à la cérémonie qui eut lieu à Mouzou. De là cette date : Beaumont, *lendemain de Mouzou.*

(1) C'est-à-dire écrite le même jour que la précédente ; mais elle n'avait pu partir avant l'autre.

M. d'Arodes du Tailly ont mené leurs filles à confirmer, du consentement de Son Excellence (demandé par moi), et que tous les produits de la forêt d'Argonne les avaient précédés : sanglier, dinde, primeurs, notamment un superbe ananas, sorti le matin de la terre exotique qui l'avait nourri ; il était planté au milieu avec toutes ses feuilles.

» Mesdames Mathis, de Belval et d'Arodes étaient aux côtés de Son Excellence ; le Maire était à ma droite.

» Les chants étaient bien beaux. Au cantique pour le Saint-Père j'avais ajouté un couplet pour Monseigneur. Après avoir chanté : » De Pie IX exaucez les vœux, gardez-le bien, Vierge Marie ! » on disait :

> « C'est aussi pour Benoît-Marie
> Que nous implorons votre amour,
> Car il est aussi notre Père,
> De Pie IX il est l'envoyé ;
> Il aime Jésus et son Vicaire,
> Dont il est le fils bien aimé (1).
> Gardez-le bien, Vierge Marie,
> de Benoît exaucez les vœux.
> Gardez-le nous, vierge bénie,
> Gardez-le bien du haut des cieux. »

» A la porte de l'église, en grandes lettres d'or, sur fond bleu, se lisait cette inscription :

R. R. D. D. NOSTRO
QUEM DEUS RITU-PLENO SACERDOTIO DONAVIT
QUEM NOBIS CHRISTI VICARIUS PRÆFECIT
CRESCAT IN PLEBEM SUAM.

(1) Le *Journal de Florence*, copié par les journaux religieux français auxquels faisait écho la première *lettre pastorale* de Mgr Langénieux, avait raconté que Son Excellence avait reçu du Saint-Père un accueil exceptionnellement amical. Sa Sainteté l'avait embrassé avec une effusion singulière, l'avait comme remercié d'avoir accepté Reims, etc., etc. — De là le couplet du cantique.

» Descendant de la voussure du grand arc qui précède le chœur, une oriflamme plus grande que toutes les autres, aux couleurs et aux armes Pontificales, les dominait toutes.

» Je vous parle de toutes ces choses, et même de la table, parce que ce sont des honneurs faits au supérieur, et que ces témoignages d'honneur varient selon les circonstances et les personnes : voilà la raison particulière des honneurs de la table. Mes voisins de Belval et de Tailly les avaient faits ; cela convenait.

» Monseigneur a entendu trois discours : un du Maire, un de M. Conty, président du conseil de fabrique pour la circonstance ; un de moi. Monseigneur a répondu à M. Conty qu'il avait tenu un *langage d'Évêque*. A moi, je ne me rappelle plus bien ce qu'il a dit. Mais il a exprimé des choses aimables, et s'est adressé à la population en partant de la réponse qu'il me faisait.

» Le soir, je suis monté dans sa chambre et je lui ai dit qu'il était tard, qu'il avait besoin de repos, qu'il serait impossible de traiter des affaires. Il me dit qu'il désirait m'entendre, et m'engagea à lui *ouvrir mon cœur....* Il m'a dit qu'il venait sans préjugé, qu'il désirait faire le bien ; qu'on lui avait dit à Rome qu'il y a un clergé terrible à Reims, que ses deux prédécesseurs y avaient péri ; il ajoutait que, pour lui, il n'était pas au courant de l'affaire d'une manière particulière. Cela me donna l'occasion de lui dire deux choses : 1° que j'en savais assez depuis quelques jours pour être certain qu'on lui rapporterait que j'avais dit avoir tué deux archevêques, *et que je le priais de n'en rien croire* ; que si ses deux prédécesseurs avaient voulu mourir pour l'injustice, ils avaient eu tort ; et que je n'en étais pas cause, n'ayant rien fait que défendre la justice, et l'ayant défendue avec les plus grands scrupules (je passe d'autres développements secondaires) ; 2° que j'avais su seulement le 2 juillet dernier, par M.   , que Monseigneur Landriot était allé deux fois le supplier de rompre avec moi ; c'est en racontant ce fait, il y a quelques semaines, que j'ai donné lieu de le travestir et que l'on m'avait prêté ce mot : que je me vantais d'avoir tué deux

chevêques. Là-dessus Monseigneur me dit que les affaires du
Diocèse de Reims avaient une notoriété non-seulement en France,
mais dans toute l Europe ... Ah ! la première parole que j'ai
dite à Monseigneur, la voici : Il y a du sang sur votre soutane ;
ce n'est pas vous qui l'y avez mis, mais il y est. — Je vous
demande pardon de vous écrire à bâtons rompus.— Enfin, le plus
beau c'est ceci : Monseigneur me dit qu'il était prêt à m'entendre, que je lui envoie un Mémoire, qu'il examinera, qu'il inter-
rogera les autres, qu'il prendra sa décision selon sa conscience,
ou qu'il fera décider par plus haut que lui ; et alors que, si je
veux aussi le tuer, il dira : Eh bien ! *moriamur et nos* (1). —
Cette solution étant le but que je poursuivais, et étant venue
sans y penser, j'acceptai immédiatement, en ajoutant qu'un troisième archevêque ne voudrait certainement pas mourir *propter
injustitiam*... Maintenant il faut que je parte pour Mouzou, où
je suis invité. Monseigneur a passé par l'Orphelinat (2), a béni
les petites orphelines et leurs mères adoptives, et leur a adressé
de bonnes paroles.

    « A vous en N. D.   DEFOURNY. »

Cette lettre, écrite à la hâte et à *bâtons rompus*, ne rapporte
pas, à beaucoup près, l'entretien tout entier, qui a duré trois
quarts d'heure ; mais elle en dit assez, et plus qu'il ne faut, pour
montrer une fois de plus que le Mémoire a été demandé, et
qu'il devait rouler sur les affaires de Neuvizy, et aussi pour renverser plusieurs assertions contenues dans la lettre du 20 octobre.

Monseigneur écrit que j'ai débuté en lui disant ces paroles
étranges, qui sont restées gravées dans sa mémoire : « Vous avez
du sang à votre soutane ; vous êtes assis sur un trône ensan-

---

(1) Dans sa lettre du 28 octobre, Mgr Langénieux écrit qu'il m'a dit
ces paroles *en souriant*. — Je lui fis la réponse également en souriant.

(2) En allant visiter l'ancienne abbaye de Belval en Argonne, Son
Excellence m'avait fait écrire pour me demander si ce serait possible
après les cérémonies de la confirmation de Beaumont.

glanté. *On m'accuse d'avoir tué vos deux prédécesseurs. Pour l'un c'est certain, pour l'autre, peut-être.* » Cette imputation, bien odieuse et bien humiliante pour moi, est pleinement en opposition avec le récit authentique que j'ai écrit au lendemain de l'entretien du 20 avril, à un homme à qui je n'avais ni à taire, ni à exagérer ou diminuer la vérité. Les Juges apostoliques apprécieront dans quelle mémoire le sens des choses dites, et les paroles mêmes, « sont restées » le mieux « gravées » ; et si j'ai voulu parler au sens moral, comme le récit l'indique et le dit clairement, comme nous l'avons dit et répété dans nos précédents écrits (1), du sang innocent de M. Maurice et de M. Jullion, que Monseigneur Langénieux *n'a pas versé, mais bien les hommes qui entouraient ses prédécesseurs.* J'affirme même que j'ai ajouté ces paroles textuelles, à cet endroit de la conversation.

Non, je n'ai jamais eu cette pensée que le coupable « d'assassinat moral » ce fût moi, et j'ai toujours eu celle-ci, que le crime de meurtre a été commis cruellement et persévéramment sur M. Jullion et sur M. Maurice, les deux hommes les plus irréprochables et les plus méritants, qui n'ont vécu que de morts, depuis douze ans : mort de leur réputation légitime ; mort du mépris des lâches, des méchants et des corrompus ; mort de la longue souffrance de leurs honnêtes et nombreuses familles ; mort du spectacle continuel de leurs œuvres saintes persécutées, méprisées, mutilées, amoindries ou étouffées (2). Non, encore une fois, je n'ai jamais eu cette pensée, que le coupable d'assassinat moral, ce fût moi. Et non-seulement je l'aurais eue si j'avais parlé le langage que Monseigneur Langénieux me prête, mais je la lui aurais exprimée, à lui-même, au début de la première conversation que j'avais avec lui ! je me serais vanté de

(1) Voir *Affaires de Neuvizy, Défense des lois de l'Eglise et de l'Etat*, pages 367, 368, 369. — Le *Fond du Gallicanisme*, page 148.

(2) Pour ne parler que du pèlerinage de Neuvizy, les communions y ont diminué des trois quarts, et d'autant dans la paroisse, depuis la révocation de M. Maurice.

but en blanc, à lui-même, d'avoir tué ses deux prédécesseurs, dans le moment où, d'après son aveu, « mettant l'affaire de Neuvizy au second plan, » je ne songeais qu'à gagner Son Excellence à l'OEuvre apostolique !

Pour en finir avec cette imputation, j'ajoute :

Les prédécesseurs de Monseigneur Langénieux, avec beaucoup des leurs, sont morts, de la mort imprévue, c'est vrai, mais dans leur lit, entourés jusqu'à leur dernier jour d'amis et d'honneurs publics de toute sorte. Je n'étais qu'une humble voix criant justice dans ce désert d'hommes qui ne voulaient pas entendre. S'il y eut de la puissance dans ce cri, ce fut la puissance de la justice seule et nue, et non la mienne, puisque j'ai partout et toujours échoué, à Rome comme à Reims. La vérité est qu'ils sont morts, non pas même de leurs erreurs et de leur péché contre leurs prêtres, — *errare humanum est,* et Dieu ne veut pas que l'on meure ordinairement des péchés de faiblesse, — mais bien de la persévérance dans le mal, et de cette vengeance intime qu'exerça sur eux la justice qu'ils violèrent jusqu'à la fin. Ils sont morts, comme je l'ai dit, au rebours des martyrs, *propter injustitiam.* C'est le Gallicanisme, avec sa maxime inexplicable, j'allais dire satanique, que les supérieurs n'ont jamais tort, ou qu'ils ont toujours le droit d'avoir tort et de ne jamais rien réparer, c'est cette hérésie qui les a tués. Monseigneur Langénieux (qu'il me soit permis d'ajouter la réflexion suivante, en m'inclinant auparavant devant la haute dignité de mon Archevêque) défend inutilement leur mémoire. Il est trop tard : ils appartiennent, comme on dit, à l'histoire. Pourquoi vouloir défendre la mémoire des hommes injustes, et tenir rigueur à leurs victimes ? Quant aux justes, s'ils sont souvent méconnus et persécutés pendant leur vie, après leur mort leur mémoire se défend d'elle-même, au témoignage de l'Esprit-Saint, dont l'Église nous fait chanter les paroles aux funérailles des évêques et des prêtres, comme des fidèles : « In memoria æterna erit justus ; *ab auditione mala non timebit.* »

IV

La pièce que j'ai à citer en cet endroit, est une lettre datée du lendemain même de l'entretien de Saint-Walfroy. — M.

qu'il suffit de nommer à Rome et dont le nom est synonyme d'intégrité, l'avait conservée, et il a bien voulu me la renvoyer il y a quelques jours, après avoir tracé lui-même en marge des traits au crayon, pour me signaler les passages qui prouvent que Monseigneur Langénieux m'avait demandé le Mémoire. Elle sera au dossier, en voici les termes :

Beaumont en Argonne, 29 avril 1875.

MONSIEUR ,

Voici le résumé de la seconde conversation que j'ai eue hier, presque en public (Son Excellence l'ayant ainsi voulu avec intention), avec Monseigneur l'Archevêque.

Pour l'intelligence du débat, il faut savoir que je lui avais demandé (suppléez *par écrit*) ce second entretien, à l'effet de « lui épargner la peine et la répugnance qu'il m'avait témoignées chez moi d'être peut-être amené à blâmer ou flétrir ses prédécesseurs, » et de lui *proposer un moyen* pour (éviter) cela.

Monseigneur. — Vous m'avez écrit (1), et vous m'avez donné des conseils ; ce n'est pas que je prétends n'en avoir pas besoin. Mais enfin, je sais ce que j'ai à faire dans le cas présent.

R. (Réponse.) — Mon intention n'a nullement été de vous donner des conseils, sans en être requis par Votre Excellence. Vous m'aviez témoigné, dans la conversation de jeudi soir, que

---

(1) *Vous m'avez écrit.* Il est clair par ces paroles que j'avais écrit à Monseigneur depuis son départ de Beaumont et de Mouzou. En effet, ce n'est pas dans l'entretien de Beaumont qu'il fut convenu que je le verrais de nouveau à Saint-Walfroy. C'est dans cette lettre écrite *trois jours après* et adressée à Monseigneur à *Sailly*, où il était le 27, que je l'informais de mon intention d'aller le revoir à Saint-Walfroy.

vous éprouveriez de la peine, une vive souffrance, si, en jugeant, vous étiez forcé de blâmer ou de flétrir la conduite de vos prédécesseurs ; et je vous ai écrit que j'avais trouvé, ou que je croyais avoir trouvé un moyen de vous éviter cette souffrance : c'était de vous proposer de demander un juge-commissaire.....

Monseigneur, interrompant. — Non, je suis juge et je veux juger, lorsque j'en aurai le temps. *Vous ferez votre Mémoire ; dans six ou huit mois* (1) je pourrai m'en occuper ; j'attendrai les autres, et je prendrai une décision. — Savez-vous que vous m'avez beaucoup embarrassé avec votre discours à Beaumont ? Vous m'avez adressé un discours dans lequel vous blâmiez mes deux prédécesseurs, en présence de vos paroissiens. Heureusement, ils ne l'ont pas entendu.

R. — Monseigneur, ils l'ont très-bien entendu, et ils ne se sont pas aperçus de cela. Du reste, *c'est une nouvelle impression* (2) ; sur votre demande, je vous ai adressé par la poste ce discours : il est en route....

(Monseigneur, interrompant. — Je l'ai reçu.)

— Monseigneur, je vous prie de le relire ; j'ai la certitude que vous y verrez des faits et non des accusations. — Monseigneur, vous n'avez pas le temps de vous occuper d'un procès, ni nous non plus nous n'avons pas le temps ; et laissez-moi vous le dire, notre temps est le vôtre, c'est la même chose. Nous ne demandons qu'à travailler avec vous et pour vous, puisque nous sommes vos coopérateurs. En attendant la solution de

(1) Il est clair que Monseigneur m'avait bien demandé le Mémoire, et qu'il n'avait pas été du tout convenu, comme il l'a dit dans sa lettre du 28 octobre, que je lui porterais des NOTES sur l'OEuvre apostolique, à Saint-Valfroy.

(2) *C'est une nouvelle impression.* Monseigneur en effet, en répondant à mon *discours,* m'avait comblé d'éloges en présence de toute la paroisse réunie à l'Eglise ; il répéta ces éloges au Conseil municipal venu au presbytère une demi-heure après, pour présenter ses hommages à Son Excellence.—Voir ce discours aux *Pièces justificatives,* II.

l'affaire que vous voulez retenir et juger (1), il y aura du temps perdu pour l'OEuvre apostolique.

Monseigneur. — Mais dites-moi donc à quel titre vous vous occupez de cette affaire? Je ne le vois pas ; et puis, d'après ce que j'entends dire partout, tout le monde est tranquille. Rome a jugé. De ces deux messieurs, l'un est content et vit paisible chez lui (2) ; l'autre, M. Jullion, que j'ai vu, est un homme modeste et (je crois qu'il a dit) pieux. A quel titre vous êtes-vous occupé de cette affaire? et pourquoi voulez-vous vous en occuper encore?

R. — Je m'en suis occupé pour deux raisons : d'abord à titre d'avoué canonique, avoué volontaire, c'est vrai. Mon premier mobile était la charité. Votre parole est si apostolique, Monseigneur ; le cœur qu'elle révèle ne peut manquer d'apprécier ce motif, et d'en reconnaître la valeur. Puis.....

Monseigneur, interrompant. — Mais enfin... (puis, *s'inter-rompant lui-même et appelant son Vicaire-Général :)* l'abbé Tourneur! venez donc un instant. *(L'abbé Tourneur s'approche.)*

Monseigneur, continuant. — Je dis à M. le Curé de Beaumont que je ne comprends pas comment ni à quel titre il veut s'occuper de cette affaire. — *(S'adressant à moi.)* Comment, mon cher ami, un homme d'esprit, d'intelligence comme vous l'êtes ; (*d'un ton dégagé)* j'ai reçu votre petit écrit (les 40 propositions) ; je l'ai trouvé très-bien fait ; et puis il a la sanction de Rome, et nous n'avons plus rien à dire ;) comment, un homme d'esprit, d'intelligence comme vous l'êtes , vous semblez avoir pris à tâche de vous faire le redresseur des torts du genre humain. .... un homme d'esprit, d'intelligence ? (Il répétait.)

(1) En attendant la solution de l'affaire que vous voulez retenir et juger : Voilà bien l'affaire de Neuvizy ! Monseigneur veut la retenir et juger avant de s'occuper de l'OEuvre apostolique, comme le dit le Mémoire explicatif ; j'expliquerai plus loin pourquoi j'ai parlé si carré-ment à Saint-Walfroy de l'OEuvre apostolique.

(2) M. Maurice.... voir aux *Pièces justificatives* , VI, la réponse faite par M. Maurice à cette assertion de Monseigneur.

R. — Je suis un homme de vérité et de justice, et je le serai jusqu'à la mort.

Monseigneur...... *recula, étonné et muet. Il y eut silence. Je continuai :*

Ce n'est pas moi qui me suis créé les circonstances dans lesquelles je vis. L'affaire de Neuvizy, les affaires diocésaines, qui tiennent, comme vous me le disiez jeudi soir, l'Église en suspens, ne sont qu'un incident dans ma vie. Je m'en occupe, et je m'en occuperai, parce que je suis un homme de vérité et de justice. Vous gémissez (il avait beaucoup parlé dans sa prédication de la situation), vous gémissez sur la situation : il n'y a plus de justice dans le monde, parce qu'il n'y en a plus dans nos Églises. Voilà le second motif pour lequel je m'occupe et je dois m'occuper de l'affaire de Neuvizy. Mais je le répète, elle n'est qu'un incident dans ma vie. A Rome, où je vais aller, j'aurai bien d'autres affaires à traiter.

(En ce moment le Sous-Préfet de Montmédy, le Maire de Sédan, le Député des Ardennes et d'autres personnages [l'heure du départ du train approchant] passèrent en saluant. Monseigneur se hâta de leur prendre les mains et de leur adresser quelques paroles.)

Puis, cet incident m'ayant rendu du calme dans le ton de la voix, car j'avais parlé avec émotion, la conversation reprit :

Monseigneur, je ne dois pas vous retenir davantage. Il est toujours convenu que je vous ferai un Mémoire.

Monseigneur. — Oui, cher ami, rédigez un Mémoire, faites vos observations, et je prendrai ensuite une décision.

Là dessus je le saluai, et il me salua, en me prenant les mains.

« Je partis, etc......... »

Tel est le récit que j'écrivis de l'entretien de Saint-Walfroy, aussitôt après mon retour, le lendemain, 29 avril 1875.

Monseigneur écrit dans sa lettre du 28 octobre *que je suis revenu à la charge, à Saint-Walfroy, au lieu de lui apporter des notes sur l'OEuvre apostolique.*

Mais c'est tout le contraire qui eut lieu. A Saint-Walfroy comme à Beaumont, je continuai de mettre l'affaire de Neuvizy au second plan. Et si je ne lui apportai pas de *notes* sur l'OEuvre apostolique, c'est qu'il n'avait pas été question de cela à Beaumont, mais bien d'un Mémoire sur les affaires de Neuvizy.

Il est bien vrai que j'avais écrit à Monseigneur pour lui proposer un *moyen* de lui éviter la peine qu'il redoutait, et que Monseigneur, avant mon arrivée à Saint-Walfroy, avait deviné que ce *moyen* consistait à demander au Saint-Père un juge-commissaire apostolique. Et j'y avais pensé pour deux raisons : la première, c'était la crainte qu'il m'avait manifestée à Beaumont d'être obligé, en jugeant, de blâmer ses prédécesseurs. Je craignais, de mon côté, qu'il ne fût pas un juge assez ferme, et je songeais à cet avertissement des saints livres : *Noli quærere fieri judex, si non valeas virtute irrumpere iniquitates.*

Ensuite, il me paraissait plus conforme au droit que l'affaire des faux fût jugée par Rome, conformément au canon *de cætero noveris.*

Mais cette question une fois traitée et résolue par ces paroles de Monseigneur, au début de l'entretien de Saint-Walfroy : « *Je suis juge* et je veux juger, » *je revenais à la charge,* comme parle Monseigneur, mais dans un sens tout contraire à celui qu'il affirme, et je le priais de laisser là l'affaire de Neuvizy. « Vous n'avez pas le temps de vous occuper d'un procès, ni nous non plus, nous n'en avons pas le temps... Notre temps et le vôtre, c'est la même chose... » Et je lui parlais de l'OEuvre apostolique, comme à Beaumont : « En attendant la solution de l'affaire que *vous voulez retenir et juger,* il y aura du temps perdu pour l'OEuvre apostolique. »

On ne peut rien désirer de plus clair. A Saint-Walfroy comme à Beaumont, je mets l'affaire de Neuvizy au second plan. Si Monseigneur l'avait voulu, il est évident que l'affaire de Neuvizy était encore ce jour-là mise de côté. Mais il ne répondit rien sur l'OEuvre apostolique, il fit la sourde oreille, et cherchait des incidents en dehors de la question, me parlant, en termes peu favorables et peu exacts, du discours qu'il avait loué à Beaumont en présence de tous mes paroissiens.

A la vérité, il était visible qu'il aurait voulu me détourner de m'occuper encore de l'affaire, et d'écrire le mémoire qu'il m'avait demandé huit jours auparavant. Mais comme il savait par moi-même où j'en étais resté avec Mgr Landriot, et que je lui avais dit, au début de l'entretien du 20 avril, que j'étais décidé à recourir à Rome, dans le cas où l'affaire de Neuvizy continuerait à être un obstacle pour l'OEuvre apostolique, il se borna à courir des bordées en dehors de la ligne droite, et il n'en fut pas moins convenu de nouveau, et par deux fois dans l'entretien de Saint-Walfroy, au début et à la fin, que je lui ferais le *Mémoire*; et il ajouta qu'il s'en occuperait *dans six ou huit mois.*

Tout est logique, ce me semble, dans ma conduite et dans mon récit. Monseigneur dit que, à Beaumont, je mettais l'affaire de Neuvizy au second plan, et que, à Saint-Walfroy, je revenais à la charge pour l'affaire de Neuvizy, au lieu de lui apporter des notes sur l'OEuvre apostolique. Le mot *notes* n'a pas même été prononcé. Il a toujours été question de *Mémoire*, à Beaumont comme à Saint-Walfroy, et ce Mémoire devait exposer « l'affaire de Neuvizy, » que Monseigneur « voulut retenir et juger. »

Mais d'où vient que je suis « revenu à la charge » à Saint-Walfroy, non pas, comme le dit Mgr Langénieux, sur l'affaire de Neuvizy, mais très-bien sur l'OEuvre apostolique, et que j'insistais de nouveau, et si carrément, pour laisser là l'affaire de Neuvizy, lui demandant instamment de nous mettre à l'ouvrage, au lieu de « nous occuper d'un procès, » « temps perdu pour l'OEuvre apostolique? »

C'est ici le lieu d'en rendre raison, et de répondre en même temps à un autre reproche de Monseigneur, qui parle dans sa lettre du 28 octobre comme si nous n'avions jamais rien voulu lui dire de l'OEuvre apostolique, ni de son but, ni de ses règles, etc., etc., et qui m'accuse en même temps d'avoir voulu surprendre son approbation, et d'avoir monté une scène à cet effet, à l'Orphelinat de Beauséjour.

Voici le fait : Dans l'entretien du 20 avrll au soir, Monseigneur me demanda, en effet, des renseignements sur l'OEuvre apostolique. A la manière dont il s'exprima, je vis qu'il croyait et qu'il lui appartenait d'y donner son *approbation*. Sans le heurter de front sur ce chapitre, je lui répondis toutefois très-nettement : L'OEuvre apostolique n'est point une œuvre diocésaine, c'est une œuvre générale. Ce n'est point une affaire du ressort de l'Ordinaire, mais du Souverain-Pontife. Les règles sont déposées, depuis le mois de janvier 1871, à la S. Congrégation *super Episcopis et Regularibus*. Le Saint Père s'est fait faire un rapport sommaire par le cardinal Bizzarri, a écrit de sa main qu'il voulait que l'affaire fût instruite, et a ordonné le renvoi du dossier à la S. Congrégation. C'est alors que j'ajoutai, comme il est dit dans le Mémoire explicatif : « A ma connaissance, il ne manque qu'une pièce au dossier, un certificat de bonne vie et mœurs sacerdotales pour le fondateur M. Jullion, » et que Mgr Langénieux me répondit qu'il ne pouvait pas le donner quant à présent, à cause de l'affaire de Neuvizy ; et le reste, comme je le rapporte dans le Mémoire.

Toutefois, craignant que Monseigneur, pour les raisons que j'ai dites, ne fût fâcheusement impressionné si je ne lui donnais pas les renseignements qu'il demandait, je résolus de saisir la première occasion qui se présenterait. Elle se présenta dès le lendemain. Au retour de l'ancienne abbaye de Belval, je me trouvai dans la même voiture que Son Excellence, et nous y étions seuls avec son vicaire général. Les premières paroles que Monseigneur prononça en quittant l'abbaye pour revenir à Beaumont furent pour dire qu'il n'y avait pas dans son diocèse de monastère d'hommes proprement dit, et qu'il désirait y voir un de ces asiles où, comme autrefois, la louange perpétuelle s'élèverait nuit et jour vers Dieu par le grand office. Je profitai de cette ouverture, et je lui dis que ce qu'il désirait était prévu dans l'OEuvre apostolique. Là dessus, il me demanda trèscourtoisement, comme la veille, de lui donner des explications. Je m'empressai de le satisfaire; je lui exposai l'œuvre, avec ses trois branches et son fonctionnement. De temps en temps, il m'adressait des questions, notamment sur les maisons de la seconde catégorie, telle qu'était l'orphelinat de Beauséjour, que S. Excellence avait visité deux heures auparavant; sur la manière dont ces maisons se fondaient; sur les règles, sur le Noviciat, sur la manière dont on possédait. Je lui répondis avec détails sur chacun de ces points; sur le premier, je lui dis que je ne connaissais pas toutes les maisons fondées, que le bon Père Jullion en établissait toutes les fois que la grâce le secondait dans ses missions. Je citai, en particulier, à Son Excellence la fondation d'une œuvre apostolique dans une paroisse de deux cents âmes; le dévouement du curé, qui avec le plus mince des traitements venait encore à bout d'aider de sa bourse la petite œuvre; le bien qu'elle faisait aux enfants, le recueillement avec lequel ils priaient; aux jeunes filles, et à la paroisse entière; l'introduction dans ce village de la salutation chrétienne: Loué soit Jésus-Christ — A jamais! Sur la Règle, je dis à Monseigneur que la Règle de la seconde branche était imprimée depuis 1864, que chaque maison en possède un exemplaire. Je me rappelle même avoir fait une digression sur les Règles en général, et avoir dit à Monseigneur que la Règle primitive de Saint Ignace tient dans trois petites pages in-32; sur *l'esprit* des Ordres et des Congrégations religieuses, bien plus important que la lettre des Règles; et avoir ajouté que celui de la seconde branche de l'OEuvre apostolique est admirablement décrit dans l'imprimé de 1864. Interrogé par Monseigneur sur le Noviciat, je lui développai ce que j'avais indiqué dans le compte-rendu de ma paroisse, que Son Excellence appelle mon discours, et lui racontai comment l'œuvre s'était établie, à Beaumont, en particulier, en 1859, par notre sœur Victorine, décédée depuis trois mois; comment les premières sœurs avaient fait leur noviciat. Je lui racontai l'histoire de la dernière jeune fille venue de la Woëvre, à qui son curé avait reconnu une vocation pour les

œuvres charitables, et qu'il songeait à faire entrer chez les
sœurs de Saint-Vincent ; comment cette bonne jeune fille était
venue de loin voir sa sœur apostolique à Beauséjour, et comment, après quelques jours passés dans la maison, elle nous
avait dit avec simplicité : Puisque le bon Dieu m'appelle à me
sacrifier en me dévouant au service du prochain, je ne vois pas
où je trouverai une pauvreté plus complète, une abnégation plus
entière, une vie plus mortifiée à embrasser, et de plus pres-
santes misères à soulager. » (1) Sur les ressources et la manière de posséder, j'exposai que nous nous conformions simplement au droit commun civil de la France. Je me rappelle même
que M. le Vicaire général fit une objection et que je la résolus.
A cette occasion, je dis encore à Son Excellence que l'autorité
civile supérieure s'était toujours montrée bienveillante pour notre
œuvre, et n'en avait pris aucun ombrage; au contraire qu'elle nous
avait aidés plus d'une fois. Je dis aussi à Monseigneur que ni
M. Jullion, ni moi, ni les curés des paroisses dans lesquelles
s'établit l'œuvre, nous ne sommes ni pour un centime de mon-
naie, ni pour un centimètre de terrain dans les propriétés ou
dans les possessions de l'œuvre ; nous lui donnons selon nos
ressources, conformément à la sainte maxime de nos pères :
« donner et retenir ne vaut. » En parlant des ressources, j'in-
sistai sur le caractère paroissial de nos établissements ; et je rappelai, à cette occasion, les vingt mille hôpitaux ou hospices pa-
roissiaux qui existaient encore en France au moment où Louis
XIV commença d'y porter la main arbitraire de l'Etat en en
supprimant plus de la moitié ; comment ces petits établissements
édifiaient chaque paroisse, en recueillant les âmes d'élite de la
paroisse, frères ou sœurs, qui les desservaient. A cette occasion,
je dis à Son Excellence, qui m'avait demandé la veille un exemplaire de la *Loy de Beaumont*, que la pensée ou le germe de
l'OEuvre apostolique en ce qui me concerne, se trouve dans une

(1) Elle a persévéré et achève en ce moment ses études dans la
maison des Novices.

page de ce livre, le premier que j'ai composé. Je citai comme un reste de cette belle floraison paroissiale de la foi et de la charité les *Augustines* de Reims, qui y desservent encore l'*Hôtel-Dieu*, et Monseigneur ajouta : « Mettez encore les Augustines de l'Hôtel-Dieu de Paris. »

Monseigneur m'interrogeait et écoutait mes réponses, et je lui répondais avec un véritable abandon. Cette conversation, qui fut on ne peut plus courtoise, comme l'entretien de la veille au soir, dura plus d'une demi-heure. Commencée au sortir de l'ancienne abbaye de Belval, elle se continua durant toute la traversée du *Bieulet*, jusqu'à ce que nous fûmes arrivés en face de la ferme de *Petite-Forêt*, c'est-à-dire tout le temps que la voiture mit à parcourir cinq kilomètres par des chemins qui ne sont pas excellents. En passant auprès de la ferme, me souvenant que Monseigneur m'avait témoigné le matin le désir de se rendre compte du champ de bataille du 30 août 1870, je le montrai à Son Excellence, en lui disant : c'est ici que la sentinelle française, relevée vers onze heures, fut remplacée quelques minutes après par un hulan, une demi-heure avant la bataille.

Monseigneur l'archevêque ne peut donc insinuer qu'il ne sait rien de l'OEuvre apostolique, et que nous avons affecté de ne lui en rien dire. Au reste, s'il m'avait demandé, à Beaumont, comme il le dit, des notes sur l'œuvre, d'où vient qu'il ne me les a pas réclamées depuis dix-huit mois, et qu'il ne m'en a jamais dit un mot ? D'où vient qu'il n'a pas non plus demandé ces renseignements à M. Jullion, le fondateur, qui habite Reims et se présente à lui de temps en temps. Son Excellence a eu surtout une occasion de le faire, qu'il importe de signaler ici.

L'an dernier, vers la fin de l'été, le Gouvernement ou le Ministère de l'Intérieur me fit demander, par l'organe de M. le Sous-Préfet de Sédan, si nous consentirions à changer la destination de l'Orphelinat de Beauséjour, et à en faire, sous notre direction, une *colonie* pour les *jeunes détenues* du département des Ardennes et des départements limitrophes. Je répondis, après avoir consulté M. Jullion, que cela ne se pouvait pas, l'établissement de Beauséjour étant visiblement béni de Dieu dans sa forme actuelle; mais que nous avions le personnel suffisant pour fonder ailleurs une ou même deux colonies de jeunes détenus. Dans ma réponse, j'émettais une ou deux réflexions sur la grave et délicate affaire de l'éducation de ces pauvres jeunes gens, à propos de quelques points touchés dans les circulaires confidentielles du Ministre, que ce magistrat m'avait communiquées. Et je dus rédiger, sur ses instances, un rapport plus détaillé pour être envoyé au Ministère de l'Intérieur. En même temps, M. Jullion allait trouver Monseigneur l'Archevêque, lui montrer les pièces qui m'avaient été adressées, et demander à Son Excellence si elle ne verrait pas d'un mauvais œil qu'il prit la *direction morale* d'un établissement de ce genre. Monseigneur l'accueillit froidement. Puis il demanda, lui-même, au Ministère, comme il a bien apparu depuis, *les jeunes détenus,* pour les confier à un monastère de Trappistes se chargeant de l'éducation de ces jeunes gens. Il a réussi. Nous en bénissons Dieu. C'est là une des œuvres faites ou entreprises depuis moins de deux ans, à laquelle je fais allusion dans ma lettre du 11 octobre, annonçant l'envoi du Mémoire. Nous en bénissons Dieu, dis-je, et nous nous en réjouissons. Il est arrivé souvent que l'OEuvre apostolique a vu faire par d'autres le bien qu'elle désirait et qu'on lui proposait, et elle s'en est toujours réjouie. Sans les nécessités de cette défense contre les inculpations de Son Excellence, nous n'aurions même jamais parlé du fait dont il s'agit. — Dans le Mémoire explicatif, on voit que les Jésuites et les Lazaristes son entrés dans le Diocèse, grâce à l'affaire de Neuvizy; Monseigneur nous contraint aujourd'hui à dire qu'il en est de même des Trappistes.

En résumé, la seconde conversation à Beaumont, en voiture, entre Belval, l'ancienne abbaye des Prémontrés et Petite-Forêt, explique pourquoi j'ai parlé de nouveau si ouvertement de l'OEuvre apostolique à St-Walfroy, et elle prouve encore avec le fait que je viens de citer, que Monseigneur ne pouvait pas, dans sa lettre du 28 octobre, parler de l'OEuvre apostolique comme il l'a fait, ni même affirmer qu'il ignore complétement, et par notre faute, ce qu'est cette OEuvre.

V

Lorsque Monseigneur l'Archevêque affirme ensuite que j'ai usé de supercherie et voulu le surprendre le lendemain de l'entretien du 20 avril, pour avoir de lui *l'approbation* de l'OEuvre apostolique, il énonce une chose tout à fait *invraisemblable*, et j'ajoute, *impossible*. Il est insupposable, en effet, que nous demandions à l'Ordinaire l'approbation canonique de l'OEuvre : 1º parce que, comme je l'ai dit, l'OEuvre est générale et non pas pour un Diocèse seulement ; 2º parce que nous sollicitions alors cette *approbation* à Rome, et que l'affaire était en bonne voie, le Saint-Père, dont la foi odore les OEuvres de foi, ayant donné par écrit de sa main l'ordre d'instruire la cause de l'approbation ; 3º parce que nous professions et nous avons toujours professé, avec le Droit Pontifical, que les évêques, comme tels, n'ont pas le pouvoir d'instituer canoniquement de vrais Ordres ou Congrégations de Religieux ni de Religieuses, et que cela appartient au Pape seul ; 4º parce que nous avons été condamnés par Mgr Landriot *(Deuxième circulaire à son clergé)*, pour avoir soutenu cette doctrine, et que les *40 Propositions orthodoxes*, qui venaient de paraître à Rome avec l'*Imprimatur* du Maître du Sacré Palais, lorsque Mgr Langénieux vint visiter Beaumont, reproduisent de nouveau et très-formellement cette doctrine, qui est la nôtre, parce qu'elle est celle de l'Église Romaine.

De plus, il est tout aussi *impossible* que j'aie « préparé une scène à l'Orphelinat pour surprendre l'approbation ; » qu'il est invraisemblable que j'aie songé à la demander. Encore une fois, je n'ai demandé qu'une chose, dont l'absence entravait l'affaire de l'approbation pontificale : un certificat de bonne vie et mœurs sacerdotales pour le fondateur.

C'est Monseigneur lui-même, dans sa lettre du 28 octobre, qui va m'aider à repousser le reproche qu'il m'adresse, de m'être rendu coupable de cette manœuvre frauduleuse.

Dans le récit que son Excellence fait du premier entretien que j'eus avec lui, il s'exprime ainsi :

« Je vous ai vu pour la première fois, en avril 1875, à Beaumont... Au presbytère, vous commenciez l'entretien par ces paroles étranges, etc. Dieu me fit la grâce de la patience, etc. A votre premier mot sur l'affaire de Neuvizy, je vous arrêtai... Du reste, vous mettiez alors au second plan les intérêts de M. l'abbé Maurice ; vous poursuiviez avant tout l'approbation de l'OEuvre Apostolique, et vous me pressiez de l'accorder sans délai... *Vous espériez sans doute, Monsieur le Curé, arriver plus vite à l'approbation par la surprise qui m'était préparée dans ma visite à l'Orphelinat.* Conduit par vous à l'écart, je me trouve tout à coup en présence de quelques femmes vêtues de noir qui tombent à genoux et me supplient de leur permettre, parce qu'elles mènent une vie religieuse, de porter sur la poitrine la croix encore cachée sous leurs vêtements. Je ne voulus pas contrister ces pauvres filles : Vous aurez l'essentiel, leur dis-je, si vous portez la croix dans le cœur. Plus tard, nous verrons. »

La visite de Son Excellence à l'Orphelinat a été décidée dans cet entretien ; elle devait avoir lieu, et a eu lieu en effet le lendemain.

C'est à 9 heures moins 10 minutes du soir, au presbytère, que l'entretien du 20 avril commença, et il finit après 9 heures et demie. L'Orphelinat est à plus de 2 kilomètres du presbytère. Évidemment, je n'avais pas à *préparer la scène* avant de savoir le résultat de l'entretien, dans lequel « je poursuivais (d'après Monseigneur) l'approbation de l'OEuvre Apostolique, *et je le pressais de l'accorder sans délai.* » Pour *espérer*, par ce nouveau moyen, *arriver plus vite au but*, il fallait d'abord avoir manqué le but. L'ayant manqué (toujours d'après Monseigneur), il me fallait aviser à ce moyen et monter la scène pour le lendemain, puisque c'est le lendemain qu'a eu lieu la visite à l'Orphelinat. Outre qu'il me fallait beaucoup d'imagination, pour transformer le port, à Beauséjour, d'une croix sur les vêtements (chose usitée assez communément dans le pays) en *approbation* d'une OEuvre générale telle qu'est l'OEuvre apostolique, il me fallait aussi du temps pour aviser les sœurs de l'Orphelinat, situé à une grande demi-lieue du presbytère, et les mettre à même de jouer la scène décrite par son Excellence. Or, il était 9 heures et demie du soir, je n'ai pas besoin de dire que je n'eus point la pensée de violer les lois de l'hospitalité, en désertant la maison presbytérale tandis que j'y recevais un hôte aussi respectable que Mgr l'Archevêque. J'avais d'ailleurs autre chose à faire : il me fallait veiller aux soins de l'hospitalité du lendemain, et personne ne sera étonné si je dis que, à 11 heures du soir seulement, je pus me retirer pour prendre mon repos, après m'être assuré des apprêts du déjeuner du lendemain et de la table, à laquelle devaient s'asseoir 20 personnes. Le jour venu, avant 8 heures, heure fixée pour la confirmation, il me fallut confesser encore des confirmants pour la première ou la seconde fois, à cause de l'âge, du nombre, de l'absence de plusieurs, la confirmation n'ayant pas été donnée dans la contrée depuis six ans ; recevoir et caser à l'église les confirmants des paroisses voisines ; recevoir au presbytère M. et Mme Mathys de Belval, M. et Mme d'Arodes de Tailly, qui amenaient leurs filles pour le sacrement et descendaient au presbytère. L'heure venue, la cérémonie commença ; tous ceux qui ont assisté à une confirmation nombreuse savent quelle tâche incombe au Curé de la paroisse où elle a lieu. Je ne sais comment je n'ai pas oublié d'avertir la directrice de l'Orphelinat que Monseigneur m'avait annoncé la veille au soir qu'il irait visiter l'établissement. Je crois me rappeler lui avoir jeté deux mots à elle ou à une des sœurs (1), à l'Église, en passant près de son

(1). La bonne Mère, que j'ai interrogée depuis que ces lignes sont écrites, me dit que ce n'est pas elle, mais une des sœurs que j'ai avertie. Elle-même n'a été informée de la visite de Mgr Langénieux qu'après l'office.

banc, pendant la cérémonie, au moment où j'allais chercher les jeunes gens de la paroisse d'Ioncq pour les conduire à la place convenable, lorsque leur tour d'être confirmé fut venu. Les céré- monies terminées, je n'ai pas quitté d'un pas Monseigneur. J'ai visité avec lui le Maire, M. Couty, la salle d'asile, les écoles, et je me suis mis à table avec lui. Après le déjeuner, j'ai monté en voiture avec lui, sur le siége, auprès de M. d'Arodes de Tailly, qui voulut conduire lui-même son Excellence à l'Orphelinat et et ensuite à Belval. Je suis arrivé avec son Excellence à l'Orphe- linat, à la chapelle d'abord. Je me souviens que je regrettai même de n'avoir pas eu le temps de dire à la bonne Mère d'avertir les habitants du hameau de la visite de Monseigneur, lorsque je ne vis dans la chapelle que les sœurs et les orphelines. Je ne quittai pas non plus Monseigneur d'un pas à l'Orphelinat. Com- ment donc aurais-je eu le temps de préparer la scène ?

Dans la chapelle, Monseigneur adressa quelques paroles aux orphelines et aux bonnes sœurs ; c'est ainsi qu'il les désigna. Il visita ensuite les dortoirs et les salles, puis il sortit dans le jardin. Les sœurs et les orphelines étaient restées dans la chapelle. La supérieure seule nous accompagnait. C'est alors qu'elle fit la demande dont parle Monseigneur, « pour, disait-elle, concilier le respect aux jeunes sœurs, lorsqu'elles se rendent dans la paroisse pour les offices et pour soigner les malades. » Elle ajouta, qu'elle avait songé à cela la nuit précédente, et que cette pensée l'avait empêchée de dormir. A peine eut-elle commencé de formuler sa demande, qui était une preuve de la simplicité de cette bonne supérieure, que je dis à Son Excellence : « *Je ne suis pas au courant de cette affaire.* »

Ainsi, en m'attribuant la pensée de cette demande, qui fut faite par la supérieure seule et à mon insu, et l'arrangement impossible d'une scène qui n'eut pas lieu, Monseigneur me taxe de manœuvre frauduleuse et de mensonge, et non-seulement moi, mais encore Madame Bellavoine (1).

(1) Mme Bellavoine, la supérieure ou directrice de l'Orphelinat, est

La « scène », je viens de le dire, n'eut pas lieu comme Monseigneur le raconte. C'est tandis que Monseigneur se promenait quelques instants dans la principale allée du jardin, que la demande lui fut adressée par la supérieure seule, et que cette demande fut refusée.

C'est en rentrant au parloir que Monseigneur trouva les autres sœurs, descendues seulement alors de la chapelle, à la demande de Monseigneur lui-même, qui témoigna le désir de leur parler de nouveau. Il les trouva à genoux, pleurant d'émotion de voir leur archevêque et lui demandant sa bénédiction. Monseigneur aussi était ému, en présence de ces « pauvres filles », comme il les appelle dans sa lettre du 28 octobre, — pauvres pour l'amour de Jésus et de ses membres délaissés et souffrants ; et il leur adressa, comme je l'ai écrit simplement à M. Maurice, de « bonnes paroles. » Il revint sur la demande qui venait de lui être faite. Non-seulement il leur dit *qu'il fallait porter la croix dans le cœur,* mais encore qu'il fallait savoir mourir, être crucifiées, méprisées, pour vivre ensuite de la vie de Jésus ressuscité et obtenir l'objet de leur désir. J'applaudis modestement à ce langage, et Monseigneur les bénit de nouveau. Moi aussi, j'étais ému ; il y avait quatorze ans que cette maison de charité et de dévouement attendait cette bénédiction.

En résumé : 1º il ne pouvait me venir à la pensée de deman-

venue prendre la direction de cet humble établissement, il y a eu treize ans le 3 novembre. Elle était devenue veuve à 46 ans et avait résolu de rester à Dieu et au service du prochain. Elle écrivit au bon Père Jullion (qu'elle avait vu *deux* fois dans le cours de ses missions, la dernière fois, il y avait dix ans, et à qui elle n'avait jamais écrit) et lui demanda la voie à suivre. — Le P. Jullion, qui fondait alors à Reims l'*Œuvre* dite *des servantes,* lui écrivit : « Il y a à fonder à Reims l'*Œuvre des servantes,* et dans un hameau d'une paroisse, au fond des Ardennes, un asile pour les malheureux. Priez, consultez votre attrait, et choisissez. » Elle choisit l'asile de Beaumont, dont elle n'avait jamais entendu parler, où elle ne connaissait personne, et lui donna la préférence sur Reims, parce que, disait-elle, elle aurait eu à Reims la joie des beaux offices.

der à Mgr Langénieux l'approbation de l'OEuvre apostolique,
mais seulement, comme il est dit dans le Mémoire explicatif,
un certificat de bonne vie et mœurs sacerdotales pour le révé-
rend fondateur ; 2° la scène de l'orphelinat n'a pas été une scène,
à plus forte raison une scène préparée ; je n'avais pas à songer
à la monter avant l'entretien, et cela m'eût été impossible entre
la fin de l'entretien, neuf heures et demie du soir, et la visite
du lendemain à l'orphelinat.

VI

Dans la lettre du 28 octobre, Monseigneur rapporte un troisième entretien que Son Excellence eut avec moi, en septembre
1875, pendant la retraite ecclésiastique. Il s'exprime ainsi :
« En septembre 1875, je vous donnai audience ; et à un moment,
votre émotion fut si grande que votre parole expira dans un
trouble que *je pris pour* un signe de repentir. »

Monseigneur, ici, craint d'affirmer. En effet, de quoi me
serais-je repenti? D'après Monseigneur, ce serait d'avoir voulu
m'occuper du Mémoire. Mais il avait été convenu à Saint-
Walfroy, comme à Beaumont, que je le ferais. Les preuves en
sont données. Aussi Monseigneur n'affirme pas.

« Je vous engageai à ne plus vous mêler des affaires du dio-
» cèse, à vous occuper saintement de votre paroisse et à pour-
» suivre vos travaux sur les grandes questions d'économie so-
» ciale et européenne. »

J'ai gardé le souvenir de cet entretien ; comment ma mémoire
aurait-elle pu l'oublier? Il dura environ vingt minutes ; on toucha
huit sujets.

1. La conversation roula d'abord sur M. Urquhart et sur la
visite que Monseigneur lui avait faite au chalet des Mélèzes,
environ quinze jours auparavant. Son Excellence me la raconta
avec détails. Je lui dis que M. Urquhart m'en avait informé. A
cette occasion, sur la politesse : les enfants de M. Urquhart,
que Monseigneur avait rencontrés aux abords du chalet, s'étaient
montrés très-polis envers Son Excellence.

2. Sur l'orphelinat, dont Monseigneur me demanda des nouvelles. A cette occasion, je répétai à Monseigneur ce que je lui avais dit entre Belval et Beaumont, qu'il serait bien désirable qu'il y eût des établissements semblables dans beaucoup de paroisses. C'est là-dessus, si je ne me trompe, que Monseigneur changea de ton et m'engagea à ne pas m'occuper des affaires du diocèse. Je fus étonné, ce que j'avais dit ne me paraissait pas avoir motivé ce langage; mais je répondis sur le champ que telle n'était pas mon intention, et je lui rappelai ma réponse de Saint-Walfroy sur le même sujet (1), en ajoutant : « *C'est vous qui m'avez demandé un mémoire.* » A quoi il répondit d'un ton assez bas : « *Je vous ai demandé des explications.* » La conversation reprit après un instant de silence, mais sur un autre sujet. Pour le dire ici en passant, c'est ce mot *explications* qui me donna l'idée d'intituler le mémoire : *Mémoire explicatif.*

3. Sur les *Enfants de Marie* de Beaumont ; Monseigneur me félicita de nouveau, m'en demanda le nombre, et je lui dis qu'il y en avait huit nouvelles ; ce qui fournit l'occasion de le remercier de sa visite pastorale.

4. Sur Rome, d'où je venais, et de nouveau sur le respect et la nécessité d'en rétablir les pratiques dans les familles ; je dis un mot de l'approbation qui avait été donnée à Rome aux *pratiques* et *prières* pour le rétablissement du IVe et du Ve commandement de Dieu, et je lui citai un mot de S. E. Cardinal Bérardi sur ce sujet.

5. On dit quelques mots de la retraite et des sermons du Prédicateur, qui avait avancé que les jeunes gens appelés à partir pour la guerre s'étaient approchés *en grand nombre* des sacrements avant de quitter leurs paroisses. — Ce qui n'était pas exact pour notre Diocèse. — A cette occasion, on parla aussi des catéchismes et du peu de traces que laissent aujourd'hui dans l'esprit et le cœur des enfants admis à la première communion,

---

(1) C'est-à-dire que je ne songeais pas à lui donner des conseils sans en être requis par lui.

uniformément à onze ans, les instructions du prêtre, oubliées ensuite.

6. Il fut dit un mot de l'étude et des conférences ecclésiastiques. Monseigneur m'apprit (ce que j'ignorais) qu'on lui avait demandé, comme don *de joyeux avènement*, d'exempter les prêtres des conférences, cette année là.

7. Sur la situation. Je me rappelle que, à cet endroit de la conversation, je cherchai, sans le trouver, le nom du Duc d'Audiffret-Pasquier, et je m'excusai à Monseigneur de ces caprices de ma mémoire rétive; ce ne peut être que là le *trouble dans lequel ma parole expira,* mais il était difficile de le prendre pour un signe de repentir de n'importe quelle action ou intention.

8. Enfin, Monseigneur m'engagea, en effet, à continuer de m'occuper des grandes questions politiques et sociales, disant : On peut être un bon Curé de Beaumont comme vous l'êtes, et s'occuper utilement de ces problèmes si sérieux aujourd'hui. Je le remerciai avec effusion de ses encouragements, le premier que je recevais, ajoutai-je, de mes supérieurs ecclésiastiques, et je lui dis, en effet, que je m'efforcerais de travailler avec un nouveau courage.

VII

Il me reste, avant de conclure, à fournir une nouvelle preuve pour ma défense. En parlant de notre dernière rencontre, le 29 septembre dernier, Monseigneur s'exprime en ces termes :

« Ce fut notre dernier entretien (celui du mois de septembre 1875); car on ne peut donner ce nom aux paroles échangées le vendredi 29 septembre dernier, en allant avec M. l'abbé Juillet de l'archevêché au grand séminaire. Vous demandiez le binage dans la chapelle de Beauséjour, en faveur de quelques familles des environs. *Cette permission accordée, on se sépara.* »

C'est ici (je voudrais me taire, mais l'intérêt de la cause m'ordonne de parler) le passage de la lettre de Monseigneur qui

4

m'a causé la plus dure surprise et la plus vive peine. C'est ici que la vérité est le plus évidemment oubliée, et quelques jours seulement après le fait! L'idée *qu'il n'y a pas de remède*, ne sort pas de mon esprit depuis que j'ai lu ces lignes. Voici comment les choses se sont passées le 29 septembre *dernier*. Je donnerai la preuve à la fin du récit, et cette preuve sera tirée de la lettre même du 28 octobre, en ce qu'elle répond à la mienne du 11 du même mois.

Lorsque je me présentai pendant la retraite, pour aller offrir mes hommages à Monseigneur, il était occupé et je ne pus le voir. Le dernier jour, j'essayai de nouveau en vain. J'avais à la main une petite note écrite pour moi-même, elle résumait les motifs canoniques d'obtenir l'autorisation du binage à l'Orphelinat : Outre le personnel de l'Orphelinat, trois sœurs et quinze orphelines toutes en bas âge, il y a au hameau de Beauséjour une dizaine de familles, dont plusieurs sont pauvres et nombreuses en petits enfants. Plus d'une demi-lieue sépare le hameau de l'église paroissiale, le chemin est souvent impraticable en hiver, à cause des eaux et des amas de neige. Les conditions du canon d'Alexandre III pour instituer là une paroisse avec église sont réunies et au delà. Un confrère voisin, M. le Curé de Létaune, récemment déchargé du service d'une paroisse voisine (Ville-montrey), consent à venir biner à ma place à Beaumont, où je dis deux messes depuis plus de quinze ans le dimanche, j'irai biner à la chapelle de l'Orphelinat pour le hameau, si Monseigneur juge les motifs canoniques suffisants. L'Orphelinat n'ayant pas de revenus, j'offre pour le déplacement et le voyage hebdomadaire de M. le Curé de Létaune (qui ne demandait rien) une somme de 100 francs, que je prendrai sur ma bourse.

Telle est la note. Ne pouvant voir Monseigneur, je la remets à son secrétaire, en le priant de la lui soumettre le même jour, le dernier de la retraite, avant mon départ. Il était onze heures du matin. A quatre heures, après la dernière instruction, je rencontre un vicaire général, M. Butot, et je lui demande s'il sait des nouvelles de ma demande. Il me répond négativement.

Une heure après, on part pour la cathédrale. Il y a un sermon de clôture de la retraite, en présence des fidèles. Ce sermon est suivi d'une cérémonie qui n'est point liturgique, appelée la *rénovation des promesses cléricales*. Monseigneur l'Archevêque est assis sur son trône, dans le sanctuaire, non loin du maître-autel. Tous les prêtres partent du milieu de la nef de la cathédrale processionnellement, et s'en vont deux à deux s'agenouiller devant Monseigneur, mettent les mains dans les siennes, récitent le verset : *Dominus pars hæreditatis meæ*, etc.; baisent l'anneau épiscopal, reçoivent la bénédiction de Son Excellence, et se relèvent pour faire place à ceux qui les suivent.

Or, quand mon tour fut venu, au moment où je venais de baiser l'anneau, Monseigneur, en élevant la main pour nous bénir, mon confrère et moi, me dit d'une voix claire : « Vous viendrez me voir avant de partir. » Je fis une signe d'assentiment et repris mon rang dans la procession.

Après la cérémonie, je me hâtai d'aller rendre le surplis au bon Père Jullion, qui me l'avait prêté, et de retourner au grand séminaire, Monseigneur n'y était pas, il était à l'archevêché. Je me rends à l'archevêché, et je rencontre Son Excellence au moment où elle descendait l'escalier de ses appartements.

Quand je fus près de Monseigneur, il me dit : « *J'ai reçu votre lettre de la semaine dernière*; j'ai consulté le Chapitre, ou « plutôt les membres survivants, les choses ne se sont pas passées « comme vous le pensez, relativement aux statuts. Ces Messieurs « m'ont affirmé que le Chapitre a été consulté. »

Monseigneur affirmant et me citant ses témoins, il était impoli de le contredire, quoique je susse à quoi m'en tenir. Je répondis donc que la question de forme était grave, mais que le fond l'était encore davantage, et qu'il y avait, dans le nombre, des statuts contraires au droit commun; à quoi Monseigneur me répondit : Vous savez ce que j'ai dit après dîner; eh bien! vous m'enverrez votre conférence. Je lui parlai du binage, lui exposai les motifs canoniques, et il me l'accorda. Puis il me demanda des nouvelles de la situation, me parla de mes derniers écrits sur la question d'Orient, me dit qu'il les avait lus *tous* et me félicita chaleureusement, puis il reprit la conversation sur les *statuts*. On était arrivé au grand séminaire. Un enfant de 14 ans environ lui fut présenté à la porte, il l'arrêta quelques instants, lui donna sa bénédiction, et la conversation se continua dans la cour. De nouveau je dis à Monseigneur qu'il y avait des statuts contraires au droit commun ; de nouveau il me demanda de lui envoyer ma conférence. A quoi je répondis que la conférence n'en traitait pas en détail, et qu'il me faudrait y joindre un travail sur les statuts. Il l'agréa. Il me donnait congé, et je baisais sa main, lorsqu'il reprit une troisième fois : Quant au Chapitre, il a été consulté. — Puisque Votre Excellence me le répète, lui dis-je, je lui dirai franchement que j'en doute. — Je ne dis pas, répliqua-t-il, que les choses se soient passées tout-à-fait selon les règles, mais le défaut, *je le couvre*. — Ah ! lui dis-je en souriant, si les statuts sont nuls pour ce vice de forme, ni vous ni moi ne pouvons *le couvrir*. Mais je vous l'ai dit, la question de fond est la plus grave, — Eh bien ! c'est convenu, vous m'enverrez votre conférence.

Voilà l'entretien, qui, d'après Monseigneur, n'en fut pas un.

Quelques explications sont nécessaires pour en donner la clef. Le programme des *Conférences ecclésiastiques* avait été envoyé l'année précédente. C'était le même que celui du Diocèse *de Paris*, soit attention délicate de la part du vicaire capitulaire pour Son Excellence, soit que celle-ci eût été consultée après son élection, avant d'être promu. Bref, le sujet qui m'était échu à traiter faisait l'objet de la conférence du mois d'août. Le programme paraissait avoir été rédigé contre les *quarante propositions orthodoxes*, qui avaient été transmises par M. Juillet à des théologiens parisiens, alors que je demandais *l'imprimatur* à cet Ordinaire. Ainsi, par exemple, pour esquiver la vérité sur l'origine de la juridiction des évêques, la première question était celle-ci : « *La Juridiction des évêques en général* est-elle d'institution divine ou d'institution ecclésiastique?

Et plus loin, on trouvait cette autre : *Un évêque*, — nommé

par le Gouvernement, — peut-il prendre part à l'administration
du Diocèse auquel il a été nommé, avant d'avoir été canoniquement institué par le Souverain Pontife? (1) — et enfin — les
statuts synodaux, promulgués par Mgr le Cardinal Gousset, sont-
ils encore obligatoires pour le Diocèse de Reims?

Je traitai le sujet selon la doctrine de la sainte Eglise Romaine,
aucun membre de la conférence ne me fit d'objection, lorsque
je la lus. A la conférence suivante, lors de la lecture du procès-
verbal, bien qu'il fût trop tard et que cela ne fût pas conforme
au règlement, quelqu'un demanda les preuves d'autorité en ce
qui concernait *l'obligation de consulter régulièrement le Chapitre*
pour la *validité* des statuts diocésains; elles étaient au bas des
pages, je les lus, et personne n'objecta plus rien.

Je ne m'étonnai pas néanmoins de cette demande. J'avais entendu dire vaguement que l'on m'accusait d'avoir donné mes so-
lutions *par esprit d'opposition.* Je ne comprenais rien à cette
imputation, lorsque j'appris qu'il n'était bruit que de ma conférence, assez au loin dans le Diocèse; qu'un vicaire général,

(1) Ma réponse à cette question commençait ainsi:

Dans la position de cette question, nous voyons un signe des pré-
occupations laissées parmi nous par l'hérésie gallicane.

Un *évêque,* avant d'être institué par le Souverain Pontife? — Mais
d'après les principes établis, c'est l'institution canonique du Souverain
Pontife qui seule fait quelqu'un évêque au point de vue de la juridiction. Une personne telle que celle dont il est parlé dans la question,
n'est pas plus évêque qu'une femme ou un enfant à la mamelle.

Cette préoccupation nous étonne d'autant moins que nous en avons
rencontré une semblable dans un auteur des plus recommandables,
et qui a écrit un très-savant ouvrage pour combattre les hérésies de
1862. M. Charles Gérin, dans ce beau livre publié en 1869, se sert lui-
même de cette expression, en parlant des membres du second ordre
qu'Innocent XI refusait d'instituer: Louis XIV ayant *élevé à l'épiscopat.*

La réflexion que nous faisons ici n'a rien d'injurieux, nous n'avons
pas besoin de le dire, pour le rédacteur du *Programme*; elle n'a d'autre
but que de montrer à quelles inexactitudes d'expression entraînent
des idées encore mal assises sur la vraie origine de la juridiction des
évêques.

M. Tourneur, était venu aux informations chez le curé de Douzy,
chez le Doyen du canton. Conformément aux usages gallicans,
il n'était pas venu chez l'inculpé, c'est-à-dire chez moi, et ma rédaction était encore entre mes mains.

Puis j'appris d'autres choses que je ne savais pas et que la lettre
suivante, écrite par moi à Monseigneur l'Archevêque, quelques
jours avant la *seconde* retraite ecclésiastique, va faire connaître.

« Beaumont en Argonne, le 17 septembre 1876.

» MONSEIGNEUR,

» M. Richard, curé des Mesneux, qui est venu me voir pendant
ses vacances, m'apprend que Votre Excellence a annoncé pendant
la première retraite ecclésiastique qu'elle allait promulguer les
nouveaux statuts diocésains édités par Mgr Gousset et par Mgr
Landriot.

» D'autre part, on m'apprend que Votre Excellence a dit aux
prêtres nouvellement ordonnés, pendant la retraite préparatoire
à l'ordination, qu'on tiendrait un grand compte des *notes* obtenues
par les jeunes prêtres dans leurs examens, et que ces notes
tiendraient elles-mêmes lieu du *concours* prescrit par le Concile
de Trente.

» Or, ayant à traiter le sujet de la conférence du même mois
d'août (Juridiction des Évêques, etc.), j'ai dû établir, conformément à l'enseignement des théologiens et canonistes romains :
d'une part, que le *concours,* étant une loi générale de l'Église, ne
peut être remplacé ni modifié par l'Ordinaire ; de l'autre, que
les statuts du diocèse ont été entachés, comme tels, d'un vice
de forme qui en entraîne la nullité.

» J'ai des raisons de croire que plusieurs pourront bien dire à
Votre Excellence que j'ai agi ainsi par esprit d'opposition. Or,
j'ignorais absolument, et ce que vous aviez dit aux prêtres, pendant la première retraite, concernant les statuts ; et ce que vous
aviez dit aux jeunes prêtres concernant les examens et le concours.

» En conséquence, Monseigneur, je n'ai pas eu, ni pu avoir

d'autre ésprit, d'autre intention que celle de traiter le sujet de la conférence, conformément à l'enseignement de l'Église.

» J'ai l'honneur, etc. »

(Cette lettre reproduit le sens exact, et presque toutes les expressions de l'original, j'en suis certain, bien que je n'aie pas fait de minute.)

Elle ne reçut point de réponse. Mais cela se conçoit. Elle ne put guère être remise à Monseigneur que deux ou trois jours avant la seconde retraite, à laquelle je devais assister, et Monseigneur pouvait très-bien se réserver de m'en parler pendant la retraite.

D'un autre côté, après l'espèce d'enquête faite par M. l'abbé Tourneur, on avait sans doute informé Monseigneur, alors absent du diocèse, et l'on avait repromulgué les statuts quelques jours avant la seconde retraite, au lieu de les promulguer pendant la retraite même, comme Monseigneur l'avait annoncé lors de la première. Et l'acte imprimé qui les déclarait repromulgués, portait la date du 15 août précédent.

Enfin, après la dernière instruction du prédicateur, Monsigneur Langénieux était monté en chaire, avait dit que les *statuts* étaient obligatoires *depuis l'année dernière*, mais qu'ils n'étaient pas son dernier mot sur la matière, *qu'il tiendrait compte des travaux des conférences*, qu'il espérait aussi *tenir son synode*, qu'on modifierait les statuts autant que besoin serait.

Évidemment, le bruit qu'on avait fait à l'occasion de ma conférence, la repromulgation anticipée des statuts, la lettre que j'avais écrite à Son Excellence n'étaient pas pour rien dans ces explications données par Elle sur les statuts. Deux heures après, avait lieu la cérémonie dont j'ai parlé. Monseigneur m'invitait, pendant la cérémonie même, à ne pas partir sans le voir. Dans quel but? Il est supposable, d'une part, que la question du binage pour l'Orphelinat, qui n'était pas si urgente, dont la solution pouvait m'être envoyée par la voie ordinaire de la poste, ne motiva pas cette invitation d'une manière insolite pendant la cérémonie. D'autre part, comme Monseigneur me parla itérati-

vement et même trois fois des statuts, et me demanda à plusieurs reprises de lui transmettre ma conférence, il est évident
que tel était le but de son invitation. C'était donc pour me parler,
comme il a fait, de la lettre que je lui avais écrite quatre jours
avant la retraite, des statuts et de ma conférence, qu'il m'invitait à ne point m'éloigner de Reims sans l'avoir vu.

Que Monseigneur m'ait demandé lui-même l'entretien du
29 septembre dernier, et que toutes choses se soient passées
comme je viens de le dire, en voici une preuve irréfragable.

Dans ma lettre du 11 octobre, à laquelle répond son Excellence dans la sienne du 28 du même, on lit :

« La conférence que Votre Excellence m'avait demandée,
a dû lui être adressée lundi dernier par M. le Doyen de Mouzon ;
j'ai la certitude que, en la lisant, vous n'y verrez que la vraie
doctrine de l'Église et aucune intention étrangère. *Je m'occupe
aussi du travail convenu sur les statuts diocésains.* »

Monseigneur affirme lui-même n'avoir eu antérieurement que
trois entretiens avec moi depuis qu'il est à Reims. Il est donc
impossible que ce soit ailleurs que dans l'entretien du 29 septembre dernier, *qu'il m'a demandé ma conférence* et *un travail
sur les statuts.*

Or, dans sa lettre du 28 octobre, il m'écrit qu'il n'a été question le 29 septembre dernier, entre lui et moi, que du binage
pour l'Orphelinat ! — Je reproduis le passage :

« *Ce fut notre dernier entretien* (en septembre 1875). *Car on
ne peut pas donner ce nom aux paroles échangées le vendredi
29 septembre dernier* (1876), *en allant avec M. Juillet de l'archevêché au grand séminaire. Vous demandiez le binage dans
la chapelle de Beauséjour en faveur de quelques famille des environs.* »

Je demande comment il se peut faire que Monseigneur, en
m'écrivant à moi-même 28 jours après l'entrevue que je lui rappelle dans ma lettre du 11, écrite douze jours après, et à
laquelle il répond, comment il se peut faire et pourquoi, en
m'écrivant à moi-même encore une fois, Mgr Langénieux passe à
côté de la vérité.

Cette lettre du 28 octobre, il m'est permis de le croire, est (ou était) destinée à être envoyée à Rome. *Rome jugera.* Mais je ne puis passer sous silence un fait bien douloureux :

Monseigneur écrit donc : « Cette *permission* (de binage à Beauséjour) *accordée*, on se sépara. »

Eh bien ! le jour que Monseigneur m'écrivait à Reims, c'est-à-dire le 28 octobre, je recevais du Doyen de Mouzon la lettre que voici, datée du 27, et qui m'est parvenue le lendemain :

« Mon cher Curé de Beaumont,

» Monseigneur m'a chargé de vous dire qu'il retirait l'autori-
» sation qu'il vous avait donnée, de biner à la chapelle de Beau-
» séjour. J'ignore la raison de cette mesure. Mais si, comme
» me l'a dit M. le Curé de Létaune, le service du binage n'est
» pas commencé, la décision de Son Excellence présenterait peu
» d'inconvénients pour vous.

» Toujours votre tout dévoué et affectueux confrère.

» Vendredi 27 octobre 1876.
                                        » E. JUSSY. »

Il ne s'agit pas de moi, hélas ! il s'agit de quinze orphelines et de leurs mères adoptives, il s'agit d'une dizaine de familles et de leurs pauvres enfans, forcés ou de se passer de l'office divin bien des dimanches pendant l'hiver, ou d'y venir à travers les eaux et les neiges.

VIII

Il me reste, au moment de terminer cette longue mais nécessaire plaidoirie sur *l'incident*, à relever encore un passage de la lettre de Monseigneur. Son Excellence dit que c'est à cause de son nom, inscrit sur le titre du Mémoire, que des personnes respectables de Rome et d'ailleurs ont jugé le Mémoire fort et concluant.

« Eh ! que prouvent ces lettres que vous auriez reçues de France et d'Italie, sinon que vous avez surpris la *bonne foi* de vos lecteurs (le contraire est démontré) en vous couvrant de mon nom et de mon autorité... Hé bien ! c'est par amour pour la justice, que je proteste de toute l'énergie de mon âme contre l'usurpation que vous avez faite de mon nom pour assurer le succès de vos attaques... »

Ainsi, à X***, le mémoire a été jugé « accablant, » parce qu'il porte cette mention : *Demandé par Mgr Langénieux*. Mais si Mgr Langénieux ne l'a pas demandé, il cesse d'être probant, et n'a plus de force. Ainsi à X*****, à X****, on a admiré ce travail « si correct, si doctrinal, si lumineux, » parce que Mgr Langénieux l'avait demandé. Du moment que Son Excellence ne l'a pas demandé, il n'a plus ni correction, ni doctrine, ni clarté. Un très-savant chanoine a dit à Lorette : « C'est un vaste enseignement, » parce que Mgr Langénieux l'a demandé ; s'il ne l'a pas demandé, le mémoire cesse d'être instructif.

Un religieux très-instruit, à qui j'ai fait part de ce raisonnement de Son Excellence, m'a répondu : « Ne craignez pas cela... »

IX

Je voudrais déjà résumer et conclure.

Mgr Langénieux m'a demandé le Mémoire à Beaumont en Argonne, dans l'entretien du 20 avril. A Saint-Walfroy, il m'a parlé de façon à me faire entendre qu'il aimerait mieux que je ne le fisse pas, mais il a été de nouveau convenu que je le ferais : « Je suis juge et je veux juger ! » Au mois de septembre suivant, il m'a lancé, dans la conversation, un mot dans le sens dans lequel il m'avait parlé à Saint-Walfroy ; mais il m'a de nouveau répété, bien bas et comme entre ses dents, qu'il m'avait demandé des explications.

Pour M. Maurice, lorsqu'il annonça le Mémoire à Son Excellence, dès le 19 mai 1875, Son Excellence ne lui répondit pas; mais Elle dépêcha à Rome son vicaire, M. Juillet, et au mois de septembre suivant, Elle affirma à M. Maurice qu'Elle avait envoyé sa lettre du 19 mai à Rome, et que la Sainte Congrégation lui avait écrit qu'il n'y avait rien à faire pour lui, *Rien, Rien*.

M. Maurice, soumis à Rome, lui répondit qu'il le serait toujours, et qu'il attendrait que la divine Providence suscitât d'autres moyens d'éclaircir cette grande affaire, pour le bien de l'Église, plutôt que pour lui-même; c'est pour cela qu'en lui adressant le Mémoire de ma part, M. Maurice écrivait à Monseigneur : « *Il ouvre l'éclaircie.* » *(1)*

En ce qui me concerne, j'ai rédigé le Mémoire demandé non sans lutter presque continuellement contre la faiblesse de ma nature, effrayée de la tâche, à la vue de la forteresse d'iniquités défendue par tant d'hommes haut placés, qu'il me fallait, seul, sans position, sans aucun crédit humain, renverser. La grâce aidant la nature et lui faisant entrevoir le triomphe de la jus-tice et de la vérité pour l'empêcher de défaillir, le Mémoire se fit, lentement, laborieusement. Il eût été honteux de faire un écrit sans responsabilité autre que celle qui s'attache à l'écri-vain. C'est pourquoi, j'ai défini la position que je prends dès le début du Mémoire : celle de dénonciateur juridique, me décla-rant prêt à subir les peines canoniques que le droit inflige aux diffamateurs ou aux imprudents juridiquement convaincus.

Je rédigeai le Mémoire avec le plus grand respect pour Mon-seigneur Langénieux, tenant compte et de son caractère épisco-pal et de son autorité, en sorte que pas une ligne, pas un mot offensant pour sa personne ou sa dignité ne s'y trouve.

Seulement, lorsque le Mémoire tel qu'il est (inachevé encore) fut imprimé, je le soumis à quelques hommes instruits et intè-gres, comme je l'ai dit en débutant. Ce sont eux, ce n'est pas moi-même qui l'ai envoyé à Rome; ce sont eux, ce n'est pas moi-même qui ai formulé à Rome le désir qu'il fût remis aux mains de Sa Sainteté, et qu'un ordre de juger fût donné.

Ces hommes éclairés, — je ne dois pas omettre de le dire, — savaient parfaitement tout ce que je viens d'exposer, la ma-nière dont le *mémoire* avait été demandé, la conduite et le lan-gage douteux de Monseigneur. Ces hommes éclairés et intègres

(1) Voir *Pièces justificatives*, X.

savaient que je ne présenterais le Mémoire à Son Excellence qu'après avoir connu l'avis de personnages élevés de Rome.

Monseigneur, enfin, m'appelle un homme « passionné » et aveugle et d'une habileté innommable, qui expose d'une part l'Eglise à de graves périls du dehors, et qui agite et trouble au dedans.

Personne n'est juge dans sa propre cause, et je ne me jugerai pas moi-même ; j'achèverai seulement de me défendre, en terminant, contre ces derniers reproches.

Il me semble que la passion n'a pas été chez moi bien violente. La violence se hâte. Au lieu de six ou huit mois que Son Excellence m'avait donnés pour faire le Mémoire, j'en ai pris près de quatorze, car le Mémoire n'a été communiqué qu'en juin. Ma passion serait, d'après Monseigneur, celle de *glorifier* mes amis. L'amitié est une chose sainte et louée par le Saint-Esprit ; n'eussé-je agi que par amitié, je ne serais pas répréhensible de me passionner pour des amis tels que M. Jullion et M. Maurice. Mais je connais leur désintéressement et leur abnégation, et je n'ai pas cherché pour eux la glorification humaine, bien que je leur aie attribué dans le Mémoire les mérites et les vertus que tous les prêtres du diocèse leur reconnaissent, quand ces prêtres n'ont pas à craindre que leur témoignage soit nuisible à eux-mêmes. En parlant publiquement comme tous ceux qui leur rendent les mêmes témoignages en secret, je ne l'ai même pas fait pour eux. Monseigneur, au contraire, prend fait et cause pour les administrations qui ont précédé la sienne. Il ne veut pas qu'on parle même de leurs torts ; il n'en veut pas connaître, il n'en veut pas juger, et après m'avoir demandé uu Mémoire sur la cause, il le nie. Les juges apostoliques décideront si la passion est de mon côté.

Il dit que *Rome a jugé*, comme si je n'avais pas cité les canons en vertu desquels il est permis de demander, à ses risques et périls, l'annulation d'une sentence rendue sur la déposition de témoins corrompus : *Ad dictum corruptorum testium* ; et comme si ce que nous appelons en France l'inscription de faux pouvait être prohibé par le Droit canonique.

Enfin, il me reproche d'exposer l'Eglise en ces temps malheureux à l'animadversion des *feuilles mauvaises*, si le Mémoire explicatif venait à être connu.

A cela j'ai deux réponses à faire :

La première, c'est que jusqu'à présent, aucune « mauvaise feuille, » comme parle Son Excellence, ne s'est occupée de l'affaire de Neuvizy, et n'en a dit un mot. Il y a pourtant douze ans qu'elle dure, et les écrits de M. Maurice, sans rechercher une publicité bruyante, ont été répandus à plusieurs milliers d'exemplaires.

Il est permis de croire que la raison en est donnée dans l'Evangile, à l'endroit où Notre-Seigneur réfute ceux qui prétendaient qu'il chassait les démons par le pouvoir du démon Béelzébub : « Tout royaume divisé contre lui-même sera ruiné... Si Satan chasse lui-même Satan, il est divisé contre lui-même ; et alors comment son règne subsistera-t-il ? (1) »

Satan sent très-bien que la cause de Neuvizy et de l'OEuvre apostolique, qui est la cause du rétablissement du Droit pontifical et de l'action pontificale, est ruineuse pour lui. Et il se tait parce qu'il ne veut pas combattre contre lui-même, en y donnant l'appui de la publicité dont il dispose.

La seconde raison dérive de la première, en ce sens que l'Eglise, qui comprend Notre-Seigneur et qui connaît Satan, ne redoute pas la publicité de la vérité et déclare en avoir besoin ; à tel point qu'elle n'hésite pas entre la manifestation de la vérité nécessaire et le bruit ou le scandale même qui peut en résulter : *Propter scandalum vitandum, veritas non est omittenda.*

C'est un des aphorismes de ce Droit pontifical, qui est fier comme la Justice de Dieu dont il est l'expression.

L'Eglise a besoin de la vérité dans son gouvernement comme dans son enseignement, parce qu'elle vit de la Loi comme de la Foi. C'est pour cela qu'elle existe, et que la sagesse éternelle l'a fondée. Elle ne prêche même la vérité que pour amener les

(1) MATTH. XII, 25, 26.

hommes à la Justice, et elle répète après saint Jacques : la Foi sans les OEuvres est *morte*, et ne peut nous justifier.

L'Eglise sait encore ce qu'est *la Paix*, que Mgr Langénieux m'accuse de troubler. La paix telle que le monde la donne est une fausse paix, une paix mortelle, qui peut planer, comme la peste, au-dessus des marais de l'iniquité. Mais la paix de Jésus-Christ, celle qu'il a donnée à ses apôtres le soir de sa résurrection, et encore huit jours après, s'alliait parfaitement avec les saintes luttes que les douze soutinrent toute leur vie, et jusqu'à leur sanglant et glorieux martyre. Cette paix-là, c'est la vraie paix, parce qu'elle fait l'Ordre, et elle est tranquille comme l'Ordre, même en guerroyant, lorsque l'Ordre commande les justes combats. La vraie paix de Jésus-Christ ne va pas sans la Justice. La Justice est sa mère, et la Mère embrasse avec amour sa fille, qui lui rend son baiser dans la joie sainte. *Justitia et Pax osculatæ sunt*. C'est celle-là que je poursuis.

L'iniquité, voilà la grande et la seule ennemie de la Paix. L'iniquité, voilà le grand et l'unique scandale dans l'Église, dont elle triomphe encore après la mort de ceux qui l'ont commise, et quand leurs victimes sont encore vivantes et toujours opprimées?

Enfin, voilà ce second mémoire achevé. Dieu m'est témoin que je ne l'ai écrit, comme le premier, que par amour pour la justice et pour mes frères, et aussi par amour pour Rome, induite en erreur. Que de fois, en l'écrivant, j'ai fait effort sur moi-même pour ne pas laisser tomber ma plume, et ne pas abandonner le travail que j'avais commencé ! Combien il en a coûté à mon cœur de mettre au jour l'injustice, mais mes frères malheureux étaient là devant mes yeux, Rome aussi était là me disant : Eh ! quoi ? tu n'aimes donc pas la justice, tu ne hais donc pas l'iniquité ! Tu n'aimes donc pas Rome ! Comment résister ? Que mes frères malheureux, que Rome se réjouisse donc ; pour moi, la douleur dans l'âme, je prierai Dieu de me mener à d'autres combats, que je combattrai avec plus d'ardeur et dont la victoire me sera une cause de joie.

PIÈCES JUSTIFICATIVES

I

Beaumont en Argonne (Ardennes), 1er avril 1875.

A son Excellence Monseigneur l'Archevêque.

MONSEIGNEUR,

Votre Excellence doit venir visiter Beaumont en Argonne du 21 au 22 de ce mois, ainsi que le porte la circulaire imprimée qui m'a été adressée il y a quelques jours.

Je regrette vivement, Monseigneur, que diverses circonstances, notamment la grave maladie de ma sœur, en décembre, puis une sorte d'épidémie régnant ici en février, ne m'aient pas permis de me rendre à Paris, à la première de ces époques, auprès d'une personne qui a l'honneur de vous connaître et qui devait me présenter à vous, ni à Reims, lors de l'entrée de Votre Excellence dans sa ville métropolitaine. Depuis j'ai été souffrant, et mes occupations se sont toujours multipliées. En sorte que je devrai recevoir Monseigneur l'Archevêque, sans avoir eu encore l'honneur de le prévenir et de lui offrir mes respects. Puisque la divine Providence en a ainsi disposé, j'ai la confiance que ce n'est pas sans dessein, et que les affaires importantes que j'ai à soumettre à Votre Excellence avant mon prochain pèlerinage à Rome, n'en seront que mieux traitées pour la plus grande gloire de Dieu, l'honneur du Saint-Siége, auquel vous êtes si dévoué, et le bien des âmes.

Beaumont n'est pas entièrement remis de la terrible secousse qu'il a éprouvée lors de la guerre, je suis moi-même en deuil, ayant perdu Mme Defourny, ma bonne mère, récemment. La réception de Votre Excellence sera modeste, toutefois elle sera religieuse, et l'honneur et le respect dus au Premier Pasteur du Diocèse n'en souffriront pas, ni de la part du pasteur de la paroisse, ni de la part d'une population dont les habitudes, il est vrai, sont loin d'être toutes chrétiennes, mais qui a gardé la foi, l'amour de la Religion.

J'ai l'honneur d'être,

avec un très-profond respect,

MONSEIGNEUR,

de Votre Excellence,

le très-humble et obéissant serviteur,

DEFOURNY.

II

Compte rendu en forme d'allocution, lu, le papier à la main, par M. le Curé de Beaumont, en présence de toute sa paroisse, le 20 avril 1873, à Mgr Langénieux, au moment où Son Excellence venait d'entrer dans l'église. — C'est de cette pièce que Son Excellence écrit, dans sa lettre du 28 octobre : « Je vous donnais déjà, Monsieur le Curé, une preuve de bienveillance en visitant votre paroisse dès ma première tournée pastorale. Et j'eus lieu de m'en repentir. Vous m'adressiez, à l'église, un long discours, vrai réquisitoire contre l'administration diocésaine. » — Le fait est que Monseigneur y répondit, en présence de tous mes paroissiens, par des éloges et compliments dont je fus confus, ce qui m'empêcha d'en garder les termes dans ma mémoire.

MONSEIGNEUR,

Les paroles que vous venez d'entendre (1) me dispensent d'exprimer moi-même mes sentiments à l'égard de celui que Dieu, par sa grâce, a investi de la plénitude du sacerdoce, et son Vicaire sur la terre des pouvoirs de la juridiction sacrée. Quand le fils parle ainsi, le père peut garder le silence sur sa foi et son enseignement. *Filius sapiens, doctrina Patris.*

J'ai donc hâte, Excellence, conformément aux saintes règles de l'Église, pour répondre en même temps à votre empressement, à votre désir tout apostolique de connaître vos ouailles et chacune des paroisses sises sur le territoire que vous a assigné le Pasteur suprême, j'ai hâte de vous faire connaître la mienne et de vous rendre compte du ministère que j'y exerce depuis bientôt 25 ans. (Juillet 1850.)

Lorsque Mgr Gousset m'en donna la cure, il me dit ces paroles : « Il y a un homme qui fait ses Pâques. » Quelques années auparavant on avait délibéré ici de s'agréger à l'église de l'abbé Chatel. — La tâche était vaste, même pour quelqu'un à qui il avait plu à Dieu de départir, avec l'ardeur de l'âge, le feu du zèle. Bientôt nous priions le saint Précurseur, patron de cette paroisse, à qui l'on gardait vénération et confiance, de continuer sa fonction : *parare viam Domini;* et nos paroissiens, par souscriptions et main-d'œuvre, lui élevaient un petit sanctuaire. Puis des missions fréquentes furent signalées par des

_____

(1) Savoir le discours de M. Couty, architecte des plus méritants, homme très-honorable qui a construit, entre autres, les belles églises de Matbon et de Fumay, la sous-préfecture de Sédan, et le tribunal de Rethel.

retours nombreux au tribunal de la pénitence et à la table sacrée, et plusieurs de ces retours devinrent définitifs. Puis se contruisit cette salle d'asile, dont les enfants vous saluaient tout à l'heure avec respect et amour. C'est la première qui fut bâtie et organisée dans votre Diocèse, du moins dans une paroisse rurale ; c'est la première qui fut tenue par les Sœurs de Sainte-Chrétienne. Lorsque j'en eus conçu le projet, il fallut dix-huit mois et l'intervention (bienveillante) de Mgr Gousset, pour déterminer cette pieuse Congrégation à adopter ce genre d'éducation, que la règle primitive n'avait pas prévu et semblait même avoir exclu (1). Mais les règles qui n'ont pas l'attache de Rome changent aisément, et celles qui l'ont n'ont guère à changer. La confrérie des Enfants de Marie, dont les voix viennent de crier vers Dieu pour Sa Sainteté Pie IX et pour Votre Excellence, Monseigneur, est aussi la plus ancienne de votre Diocèse dans une paroisse rurale, et encore la première acceptée par les Sœurs de Sainte-Chrétienne. La règle ne s'expliquait pas clairement ; il fallut répéter les négociations. Mais les projets bien mûris n'en sont que mieux exécutés. Sainte-Chrétienne tient beaucoup de salles d'asile maintenant et de confréries d'Enfants de Marie, et les tient bien.

Dieu chérit les prémices. Des trois enfants de Marie de Beaumont, l'une mourut à 26 ans, après avoir fait la joie trop tôt brisée de sa famille, et emporta les regrets de toute la paroisse, dont elle était l'ornement et l'édification. Les deux autres sont entrées au service de Dieu et du prochain, l'une à Metz, l'autre dans l'Œuvre apostolique.

En même temps que ces premières œuvres prenaient racine, une douzaine de mères de famille se réunissaient chaque dimanche pour s'édifier, prendre soin des pauvres et les visiter. Bientôt une Conférence de Saint-Vincent-de-Paul fut fondée à la suite d'une mission donnée par l'apôtre de votre Diocèse, M. l'abbé Jullion, mon respectable ami. — Ainsi la charité était vivante dans les cœurs et active par les mains ; la première éducation chrétienne de l'enfance était assurée ; la persévérance, l'accroissement de la piété, la préparation à la charité agissante étaient garantis au sexe le plus faible et le plus exposé, dans une paroisse où les danses sont autorisées 80 fois par an. Une nouvelle œuvre était urgente. En effet, la réforme des mœurs dans les jeunes filles appelait son complément naturel, et, pour ainsi

---

(1) Les *deux sexes* devaient être réunis dans les salles d'asile. « Écrivez-leur, me dit Mgr Gousset, que, à cet âge, les enfants n'ont pas de sexe. » C'était en janvier 1851. La salle d'asile ne fut votée que deux ou trois ans après, et inaugurée seulement en 1856.

dire, indispensable, la réforme dans les jeunes gens. Eh bien ! Monseigneur, il se trouva ici, un jour, un groupe de pères de famille, hommes des champs, doués d'assez de foi pour se cotiser, à l'effet de créer dans la paroisse une école chrétienne libre ; ils en délibérèrent en mon absence, pendant un voyage que je fis à Metz, pour assister à la vêture de la huitième ou neuvième sœur sortie de Beaumont. Ils n'avaient laissé au zèle de leur pasteur que le soin de se procurer une part, un cinquième environ, de la dépense nécessaire. J'obtins cette subvention de M. de Lourmel, président de l'Œuvre des Campagnes. Mais l'obstacle vint du côté où il semblait qu'on dût le moins l'attendre. L'Œuvre des Campagnes était alors prohibée dans notre Diocèse, et nous ne pûmes recevoir le secours accordé. Je dus céder à une paroisse voisine, mieux en mesure et plus sûre de l'avenir, grâce au dévouement hors ligne d'un chrétien de mes amis (1), le bienfait d'une école chrétienne libre, et les Frères instituteurs, que le Supérieur général de Vézelize mettait à ma disposition.

La vie d'une paroisse reflète la vie de l'Eglise qui, de degrés en degrés, finit par se composer de paroisses. C'est vers cette époque (1860) que commencèrent des jours bien mauvais pour notre patrie, que se manifestèrent les tendances hostiles à la sainte liberté des enfants de Dieu, la liberté de faire le bien. On peut résumer ces tendances par la formule générale : absorption ou asservissement de l'Eglise par l'Etat, et cette autre plus particulière : la paroisse supplantée par la commune, dernier signe, ajoute M. le Play, de la décadence d'une nation.

Alors la Conférence de Saint Vincent-de-Paul tomba, frappée avec tant d'autres du coup que tout le monde connaît. La charité chrétienne, la charité privée et agissante, fit place à la bienfaisance administrative. Enfin, un jour, défense nous fut faite, au pasteur et à ses ouailles, de travailler, de leurs deniers personnels, à la décoration de la maison de Dieu, bonne œuvre de droit naturel, recommandée en termes si pressants par le Saint Concile de Trente. Nous voulions alléger un peu ces masses qui n'ont plus de raison d'être telles, puisqu'elles ne portent plus le clocher, et enrichir un peu ces lignes pauvres, dont M. Couty vous parlait tout à l'heure.

Cependant notre Dieu, infiniment plus puissant que nos rois d'autrefois, ne perd jamais ses droits. Au milieu de toutes ces épreuves, si contraires en apparence au développement de son règne, il avait

---

(1) M. Mougin, maintenant maire de Mouzon. — L'école des Frères de Mouzon est devenue école communale depuis quelques années.

ses desseins : une autre œuvre, d'une plus grande importance, germait silencieusement. L'esprit de charité avait inspiré à une fille de cette paroisse, une sorte de Jeanne Jugon, pauvre comme elle, nous pouvons la louer aujourd'hui puisqu'il a plu à Dieu de la rappeler à lui il y a trois mois, la pensée de se mettre en ménage dans une pauvre chambre louée, avec une pauvre vieille femme aveugle, sans ressources et sans parents, pour la soigner et l'aider à vivre. Elle s'éprouva durant deux ou trois ans dans ce commencement de son œuvre. Puis il fallut bâtir. Encore une fois les temps étaient mauvais ; et nous dûmes édifier la Maison apostolique de Beauséjour comme les Hébreux réédifièrent le temple de Jérusalem, la truelle d'une main et l'épée de l'autre (1). Cet établissement, qui vit s'ouvrir, au pied de ses humbles murs, le feu sanglant de la bataille de Beaumont, et que les obus, eux du moins, ont respecté, est aujourd'hui doté d'une chapelle où s'offre le Saint-Sacrifice ; c'est le monument même consacré au souvenir des victimes françaises de cette triste journée. Il a été élevé par les souscripteurs de l'armée française et des familles des morts. Je dois ici le dire à Votre Excellence, à l'honneur de l'armée française : les soldats, les officiers, les colonels, comme les lettres les plus touchantes en font foi, ont adopté avec l'empressement le plus digne d'éloges, le projet de ce monument si français et si chrétien, par sa double destination au Saint-Sacrifice et à la charité : le projet d'une chapelle funéraire, qui serait en même temps l'oratoire de l'orphelinat et du hameau de Beauséjour ; et là, comme le disait le général Berthes, délégué par M. le Ministre de la Guerre à la céré-monie de la bénédiction, le 15 septembre 1873, les habitants de Beaumont, qui ont prodigué à leurs compatriotes blessés les soins les plus dévoués, viendront prier pour tant de braves privés de la sépulture ecclésiastique, et les mains innocentes des orphelins, ces autres victimes de la guerre et de ses suites, s'élèveront chaque jour vers le ciel, pour la délivrance des âmes du purgatoire, et la conso-lation des veuves et des mères de ceux qui ne sont plus, et que pleure, nouvelle Rachel, la patrie désolée.

Depuis la guerre, l'établissement apostolique de Beauséjour ou de la Maison Blanche, comme l'ont appelé nos soldats, est devenu par la force des choses exclusivement un orphelinat. 15 orphelines y reçoivent aujourd'hui une éducation vraiment chrétienne et rurale. Leurs mères adoptives s'efforcent d'y réaliser cette maxime de votre glorieux patron, le patriarche saint Benoît : Ils seront véritablement moines, quand ils vivront du travail de leurs mains. Les mères des

(1) J'ai ajouté en lisant, « l'épée, » non pour l'attaque, mais pour la défense,

orphelines se détachent l'une ou l'autre, quand la nécessité l'exige, pour soigner et veiller les malades et les morts ; et elles édifient cette paroisse par leur vie d'abnégation, de labeur et de charité, comme les Sœurs de Sainte-Chrétienne par leurs œuvres éducatrices.

Notre Très-Saint Père Pie IX a deux fois béni et encouragé l'œuvre de Beauséjour, en bénissant et en encourageant l'Œuvre apostolique, par ces paroles sacrées pour nous, écrites de sa main et scellées de son sceau : *Evangelizare pauperibus misit vos.* Dieu l'a aussi bénie, et la petite ruche a essaimé deux fois ; elle est mère et même déjà grand'-mère, elle a des filles et des petites-filles hors de notre diocèse. Il nous manque jusqu'à présent la Bénédiction épiscopale. Mais j'ai le doux pressentiment que le nouveau Pontife que nous a donné à double titre le Vicaire de Jésus-Christ, et comme source de toute juridiction dans l'Eglise, et comme aimant de prédilection l'évêque de Tarbes et de Lourdes, le Pontife qui aime les œuvres de miséricorde spirituelles et corporelles, utiles surtout au pauvre peuple, ne refusera pas de bénir à son tour ce que Rome a deux fois béni.

Pour compléter ce compte rendu de l'état de ma paroisse, il me reste à dire en deux mots que les œuvres contemporaines aimées dans l'Eglise ne sont pas méprisées à Beaumont. La Propagation de la Foi, la Sainte-Enfance (1), à laquelle les mères s'empressent d'agré-ger leurs enfants, même nouveau-nés, les Œuvres diocésaines, le Denier de Saint-Pierre occupent, je crois, un rang distingué dans le canton et même la contrée. La collecte pour le Denier de Saint-Pierre, notamment, est de beaucoup la plus fructueuse de toute l'année.

Et maintenant, ô Premier Pasteur et Père, soyez le bienvenu auprès de vos enfants qui ont leurs défauts (et le pasteur aussi), mais qui aiment la religion ; recevez nos respects. Vous voyez devant vous mes premiers paroissiens, ce corps municipal, dont tous les membres sont présents. Les trois quarts d'entre eux ont dû être élus deux fois lors des dernières élections (par suite d'un accident). Ils entraient pour ainsi dire en fonctions il y a moins de 15 jours, et leur premier acte a été un vote unanime pour faire les honneurs à leur archevêque, et dans la même séance, un autre vote tout spontané en faveur du sanctuaire de saint Jean-Baptiste, dont j'ai parlé au début de ce compte rendu et qui fut notre première œuvre commune. Tous sont animés du désir du bien ; tous veulent l'amélioration religieuse et morale de la jeunesse ; l'Esprit Saint les aidera dans leur tâche. —

· (1) Je crois que cette association est aussi la première établie dans une paroisse rurale du diocèse. Toutefois je crois me souvenir qu'elle existait à Mouzon, par les Filles de la Charité.

Votre première visite, Monseigneur, vos bénédictions et votre parole apostolique en seront le gage et pour le pasteur et pour le troupeau.

III

B^t, lendemain de Mouzon.

CHER AMI,

Rien de saillant à Mouzon, accueil poli, bienveillant.

Ne donnez pas de détail au dehors (j'ai oublié de vous le dire hier). Dites seulement : Monseigneur a dit qu'il ne pouvait rien faire pour l'OEuvre apostolique, pour M. Jullion, avant d'avoir jugé, et qu'il était chargé de cela. Il est convenu que je lui ferai un Mémoire.

IV

A Monsieur l'abbé Maurice.

CHER AMI,

Écrivez donc à votre hôtesse pour lui demander une chambre pour moi. Faites cette lettre tout de suite, et demandez réponse par courrier.

Je suis accablé de besogne, et il faut que tout soit fini avant mon départ. Pourrez-vous, si je ne trouve personne pour vous exempter du dérangement, venir biner à Beaumont et à Létaune, le dimanche de la Sainte-Trinité?

Je vois très-clair dans l'avenir maintenant. Gardons le silence. Nous ferons le Mémoire en silence ; nous l'imprimerons en silence, et nous l'offrirons à Monseigneur quand il sera temps ; nous avons le temps de tout bien faire, puisqu'il m'a dit, à Saint-Walfroy, qu'il pourrait s'en occuper *dans six ou huit mois.*

Sauf votre avis et celui de notre Père, *je ne m'occuperai pas même, à Rome, de l'affaire* (à moins que je ne sois provoqué), excepté pour aller étudier le dossier au secrétariat de la Congrégation des Évêques et Réguliers.

A vous *in Domino.*

Vous savez que je pars le 17 (Mai 1873).

DEFOURNY.

V

Beaumont en Argonne (Ardennes), 3 mai 1875.

A Monsieur l'abbé Maurice.

BIEN CHER AMI,

.... Ne m'envoyez-vous pas vos réflexions un peu plus *in extenso?*

A cause des paroles que Monseigneur m'a dites à Saint-Walfroy : « De ces deux Messieurs, l'un (vous) vit content et paisible chez lui ; l'autre, etc.; » à cause de ces paroles, n'aurez-vous rien à écrire à Mgr l'Archevêque? Et *préférez-vous que je sois et paraisse seul, et agisse seul, au nom du droit, pour l'honneur de Rome, sans rien réclamer en votre nom?*

C'est à votre choix, bien entendu.

Toujours tout à vous en N. S.

DEFOURNY.

J'ai beaucoup à travailler avant de partir pour Rome. — Dites à l'abbé Richard d'éviter de rien dire à qui que ce soit de ce que je vous ai communiqué, excepté ceci : Monseigneur a dit au Curé de Beaumont qu'il ne pouvait donner un certificat de bonne vie sacerdotale à M. Jullion (pièce demandée, à Rome, pour l'approbation officielle de l'Œuvre apostolique), avant d'avoir jugé à son tour l'affaire de Neuvizy, qui émeut l'Église entière, et il a chargé le Curé de Beaumont de lui faire un *Mémoire* sur l'affaire.

VI

L'abbé Maurice à Son Excellence Monseigneur l'Archevêque.

Neuvizy, 19 mai 1875.

MONSEIGNEUR,

M. le Curé de Beaumont m'a rendu compte des deux entretiens qu'il a eus avec Votre Excellence au sujet de l'affaire de Neuvizy.

Sur quoi, il me parait à propos de dire qu'il me semble y avoir obligation et nécessité d'achever la réparation qui m'est due, et qu'il n'y a pas de motif suffisant pour s'en exempter :

Ni 1° *en ce que je suis content*, car, même depuis le 13 novembre 1871, où j'ai enfin obtenu un commencement de réparation, je ne suis content, comme auparavant, que surtout parce que je suis trouvé digne de souffrir quelque chose pour la justice, et aussi parce que, grâce à Dieu, la cause continue à être soutenue ;

Ni 2° *en ce que je suis paisible*, car je ne le suis que selon la septième béatitude ; et avant le 13 novembre 1871, de la même manière, après la tunique je livre le manteau , voilà tout ; mais les faussaires et ravisseurs n'en sont pas pour cela absous , c'est-à-dire déliés de leurs obligations ;

Ni 3° *en ce que tout le monde est tranquille* et semble n'y plus penser, car ce qui importe surtout n'est pas ce que l'on pense et ce que l'on dit , mais ce qui est : le nombre des insensés est infini , et leurs pensées et leurs discours ne dispensent pas d'être sage ;

Ni 4° *enfin, en ce que Rome a jugé*, car, au contraire, dans le cas présent , c'est précisément sa sentence qui doit préoccuper le plus , qui appelle surtout une prompte et complète réparation , parce que cette sentence imposée , comme elle l'a été réellement par des faux témoignages, compromet scandaleusement la justice de l'Église , la dernière ressource que personne ne peut livrer, et pour l'honneur de laquelle , quant à moi , je serai prêt à tout sacrifier.

Mais heureusement, *Notre-Dame de Bon-Secours,* qui est la même, Monseigneur, que Notre-Dame de Lourdes ; heureusement, dis-je, Notre-Dame de Bon-Secours y veille ; vous avez été choisi par elle pour accomplir cette œuvre importante et nécessaire au premier chef ; déjà, et je l'ai appris avec une vive satisfaction, déjà entrant dans cette voie, vous avez chargé M. le Curé de Beaumont de rédiger *un mémoire* exposant la cause.

Je m'en réjouis d'autant plus qu'à Rome, où il arrive en ce moment, il va, comme Votre Excellence , s'inspirer de l'esprit qui convient à sa tâche.

J'ai l'honneur , etc.

J. MAURICE.

VII

A M. l'abbé Maurice.

Beaumont en Argonne (Ardennes). 31 Août 1875.

Bien cher Ami ,

Le bon Père m'a promis un récit succinct et exact de ses premières œuvres et fondations, avec les dates , autant que possible , de leur destruction ou de leur enlèvement. Je l'attends pour commencer la rédaction du *mémoire* ; et j'espère que ce récit me parviendra demain ou après-demain au plus tard.

Je commencerai immédiatement, et j'espère que ce sera fait en peu de temps, peut-être même en peu de jours. Comme je vous l'ai dit, mon intention est d'être court. Ce sera l'histoire intime, et comme on dirait aujourd'hui, l'histoire secrète et administrative de l'affaire. A chaque phase il y aura la preuve, ou plutôt la confirmation, par quelques réflexions et maximes du droit, que le Gallicanisme est un monstre, et qu'il faut le tuer. Vous ferez votre possible pour me rappeler d'ici là que je dois être très-miséricordieux dans le ton et l'allure du dit *mémoire*.

Il n'y aura sans doute pas de détails très-minutieux, mais envoyez-moi tout de même vos pensées et vos réflexions. Je doute notamment qu'il soit utile que j'entre dans les circonstances des petites avanies que l'on vous a fait souffrir à l'occasion de l'entrée dans l'église de Neuvizy. Mais il y aura de ces circonstances, il y aura celles qu'il importe de relever pour le bien et le but poursuivi.

Je me suis aperçu, par votre lettre, que le bon Père ne vous a rien écrit au sujet de la dernière lettre reçue de Rome, et de la fable grossière qui a été accréditée auprès de *la Congrégation des Evêques et Réguliers*, au sujet de l'OEuvre apostolique et de l'affaire de Neuvizy. Je vous en parlerai dans un autre moment. Qu'il vous suffise de savoir qu'on vous a fait passer pour un membre (il y a un *membre* dans la lettre) ou au moins un adhérent de la fraction de Pupus, rebelle aux décisions Pontificales, M. Jullion pour votre partisan, et l'OEuvre apostolique comme la résurrection, sous un autre nom, de la fraction schismatique de Pupus ! ! !

> *Risum teneatis amici!*

Il faut garder le secret là dessus, parce que notre homme d'affaires, l'estimable et estimé chevalier   obtient ces renseignements d'un consulteur de la Congrégation, de ses amis, lequel ne les lui donne que sous le secret et uniquement pour le bien de la cause.

Tout le monde, paraît-il, a été trompé, complétement trompé, et l'on ne sait pas encore que l'on a été trompé. Aussi l'affaire de Neuvizy leur reste *odieuse*.

C'est pourquoi *le Mémoire* est si nécessaire.

Tout à vous en N. S.

DEFOURNY.

VIII

A M. l'abbé Maurice.

M. Maurice hésitait à se rendre à la retraite ecclésiastique. Je lui écrivis cette lettre pour l'engager à y aller.

Beaumont en Argonne (Ardennes), 24 septembre 1875.

Bien cher Ami,

Vos conjectures sont sans doute fondées. Je reçois ce matin une lettre semblable de Mlle Sydonie. Mgr Langénieux n'a rien fait de public contre vous. Il n'a posé qu'un acte officiel, la demande du Mémoire, et cette demande est un acte favorable pour vous. Le reste, que nous savons, est chose privée, secrète. — *Ecclesia non judicat de internis ;* à plus forte raison, les particuliers. Votre conduite extérieure doit donc être celle de quelqu'un qui n'est pas maltraité, au contraire. Ce qui s'est passé ou dit en secret ou privément, servira pour nous donner de la prudence : voilà tout ce qu'il faut en tirer. Je me hâte de vous dire que le *Mémoire* n'est pas rédigé, mais qu'il est toujours résolu, et qu'il aura de bien autres proportions que celles que nous avions conçues d'abord. J'ai reçu diverses lettres et encouragements depuis une dizaine de jours ; nos amis d'Angleterre, qui y étaient d'abord opposés, — certains que nous n'aboutirions pas à déraciner le mal, et que le *Mémoire* nous ôterait de plus en plus le moyen de faire du bien, — ont changé d'avis depuis qu'ils savent : 1° les nouveaux mensonges portés ou accrédités à Rome contre nous ; 2° l'abstention de Mgr Mermillod (qui ne vient pas prêcher la seconde retraite), de qui ils espéraient secours auprès de Mgr Langénieux. Alors, ils m'écrivent, en propres termes : « *Nunc est hora vestra, et potestas tenebrarum.* » C'est-à-dire que nous nous trouvons dans une situation semblable à celle de Notre Seigneur, au moment où il prononça ces paroles....

Quant au projet de conciliation que l'on médite, si vous devinez bien, — voici à quoi il est permis de l'attribuer. J'ai écrit à M. le Chevalier   , en réponse à sa lettre dont je vous ai donné l'analyse, — des pages terribles, bien qu'écrites avec autant de calme que de force. Je l'ai prié de donner lecture de ces pages à Mgr   qui l'avait informé, et à Mgr Vitelleschi, secrétaire général de la Congrégation des Évêques et Réguliers. Je lui annonce le Mémoire demandé par Monseigneur l'Archevêque ; je dis qu'il montrera jusqu'à quel point la Congrégation est devenue le jouet des menteurs et des faux témoins, et que quand ils le liront : *tinnient ambæ aures eorum.*

Il se peut donc qu'il soit revenu quelque chose de cela à Reims, et que Monseigneur soit dans la disposition de faire quelque chose, soit en nous liant les mains, soit autrement, c'est-à-dire en faisant quelque chose de bien.

Pour nous, nous ne devons nous refuser à rien de convenable. En lisant votre lettre tout à l'heure, il m'est même venu à la pensée un projet que je tiens en réserve depuis longtemps ; c'est à savoir, — si Mgr l'Archevêque veut faire le bien à la condition que je ne lui ferai pas de Mémoire, eh bien ! je le lui accorderai.

Je ne vous dis pas que je vous prendrai en passant, parce que je suis embarrassé, je suis informé que M.   part le 24 d'Ecosse pour venir me voir; j'ignore donc quel jour je partirai pour la Retraite, mais j'y irai.

IX

M. l'abbé Maurice à Son Excellence Monseigneur l'Archevêque.

Neuvizy, 5 octobre 1875.

MONSEIGNEUR,

On me demande si, à la Retraite, j'ai parlé à Votre Excellence ? Je réponds : Oui, — et Monseigneur m'y a béni bien particulièrement, — à mes yeux c'est notre saint Remi ressuscité. — Ma situation par là même se trouve changée du tout au tout. — J'ai eu un entretien avec Lui, mais je crois qu'il n'entre pas dans ses intentions qu'il soit divulgué, je dois donc n'en rien dire à personne, pas même à mes amis les plus intimes.

Maintenant, Monseigneur, au sujet de la réponse faite par la Sacrée Congrégation à la lettre que je vous ai écrite le 19 mai, et que vous lui avez communiquée, m'avez-vous dit, je ne vois pas que j'aie rien autre chose à en dire, sinon que, si, comme je le pense, il y a là quelque chose à faire pour le bien et l'honneur de la sainte Eglise, à défaut des hommes, le Pontife éternel, Notre-Seigneur Jésus-Christ, saura y pourvoir par les bons moyens, et que, j'en suis sûr, ni notre saint Remi (Votre Excellence) (1), ni la Sacrée Congrégation n'entreprendront d'y faire obstacle.

En ce qui me concerne personnellement, je me conforme à la réponse que vous avez reçue de la Sacrée Congrégation, n'ambitionnant rien pour moi, absolument rien, et voulant être toujours bien sincèrement et bien humblement, en Notre-Dame de Bon-Secours et en saint Remi, bon et fidèle, comme Monseigneur le souhaite.

J'ai l'honneur, etc.

J. MAURICE.

(1) Dans le compliment (en usage en France) fait à Mgr Langénieux, à la fin de la Retraite, on l'avait qualifié de *nouveau saint Remi, de saint Remi ressuscité*.

Son Excellence Monseigneur l'Archevêque à M. l'abbé Maurice.

Mon Cher Abbé,

Persévérez avec confiance dans les saintes dispositions que vous a inspirées la Retraite et dont votre lettre me donne un nouveau gage ; vous y trouverez la paix , et Dieu vous bénira.

Je le fais en son nom avec un cœur de Père.

† B. M. , *Archevêque de Reims.*

X

M. l'abbé Maurice à S. Exc. Mgr l'Archevêque ,

Neuvizy, 12 octobre 1876.

Monseigneur ,

Je vous envoie, quoique inachevé, le Mémoire de M. l'abbé Defourny ; rien qu'au point où il nous laisse , les sinistres et funestes obstructions gallicanes sont assez constatées et dégagées pour que la médication puisse s'en faire d'une main sûre ; et avec la bonne volonté qui se manifeste , on peut espérer qu'elle se fera et que guérison complète s'en suivra. De plus , les faits sont déjà suffisamment mis en lumière dans le Mémoire pour que la justice paraisse en quelque sorte s'imposer. Justice se fera donc , et l'on saura qu'il y a de la justice dans l'Église de Dieu , et même le moyen de la faire régner s'y retrouve. C'est ainsi qu'en fin de compte, cette affaire aura tourné grandement au bien et à l'honneur de la sainte Église. — Je remercie la divine Providence et Notre-Dame de Bon-Secours , en voyant que Monseigneur notre Archevêque remplit dignement la tâche qui lui incombe en cette œuvre. — Voici donc , Monseigneur, le Mémoire ; quoiqu'il manque un certain nombre de pages , il ouvre l'éclaircie.

J'ai l'honneur, etc.

J. MAURICE.

XI

Mgr l'Archevêque à M. l'abbé Maurice.

Reims, le 13 octobre 1876.

Mon cher Abbé ,

Votre lettre de vendredi m'a profondément attristé , parce qu'elle me prouve que vous avez oublié les résolutions si sages , prises l'année dernière à la suite d'une sainte et bienheureuse retraite. Que n'êtes-vous revenu cette fois encore au Grand-Séminaire, selon votre bonne promesse? Mon cœur vous y a vainement cherché, et mes conseils vous eussent fait éviter la faute de céder de nouveau à des suggestions dont vous avez été et serez toujours la victime.

Il y a dix-huit mois, en effet, j'attendais quelques notes qui devaient m'être remises sans retard et rester toutes intimes; car j'arrivais à Reims avec la résolution de me faire auprès de la Sacrée Congrégation, qui venait de vous condamner, votre intercesseur, afin de pouvoir être bon envers vous, sans blesser la mémoire de mes prédécesseurs, et surtout en respectant la sentence de notre Juge commun.

Malheureusement, votre mauvais ange, aussi audacieux qu'impatient, a déplacé la question; il est allé de sa personne à Rome porter votre appel, et essayant, par mille démarches, mais en vain, de reprendre votre cause. Tous ses efforts ont abouti à un avis, qui me fut donné par le Cardinal Préfet, de tenir la chose comme définitive-jugée et de ne plus m'en occuper.

Dans un entretien, dont j'ai gardé le meilleur souvenir, et où votre cœur sacerdotal et votre foi m'avait apparu, vous aviez accepté avec sincérité cette situation, toute pénible qu'elle fût, et depuis lors je me sentais édifié par votre attitude silencieuse et résignée. Aussi, il y a quelques jours à peine, je proposais à mon Conseil de vous confier une paroisse, afin d'utiliser votre vie, et de vous donner, devant le diocèse, un signe de mon estime et de ma confiance.

Et voilà que maintenant tout est remis en question par un acte dont vous ne pouvez pas comprendre toute l'indélicatesse et la déloyauté; et c'est une victoire que poursuivent, en votre nom, vos fâcheux amis, et une victoire contre qui? En réalité, contre le jugement porté par la Sacrée Congrégation et confirmé de nouveau, il y a un an; et chose étrange! en agissant ainsi, en appelant du jugement du Pape au jugement du Pape mieux éclairé, ou plutôt du Tribunal du Pape au tribunal de l'Évêque, on prétend combattre le Gallicanisme.

Quelle responsabilité pour ceux qui sciemment entraînent dans de telles illusions des esprits faibles ou trop confiants! Comme si la meilleure défaite du Gallicanisme n'était pas de se soumettre simplement, prêtres et évêques, à l'autorité du Pape et aux sentences que portent en son nom les Congrégations Romaines.

Et quand bien même une erreur se serait glissée dans un jugement au contentieux, après l'avoir dénoncée au juge selon les règles du droit, n'est-il pas d'une vertu élémentaire et du simple bon sens de se soumettre, en se souvenant que personne n'est impartial dans sa propre cause ? Il reste, d'ailleurs, la suprême et infaillible justice de Dieu, à laquelle peuvent toujours se confier ceux qui se croiraient victimes des erreurs de la justice humaine.

Cette conduite, digne d'une grande âme, s'impose aujourd'hui plus que jamais aux prêtres qui aiment véritablement la sainte Église. On se trompe, lorsque, sous prétexte de défendre des droits qui ne sont pas menacés, on provoque l'agitation, les divisions et le scandale, avec des audaces et dans un langage qui ne peut que réjouir nos ennemis et décourager les fidèles.

Pour moi, mon cher Abbé, le devoir est tout tracé. J'ai les mains liées par le résultat des démarches toutes en votre faveur à Rome, en juin 1875 ; ce n'est donc plus à votre Archevêque que vous devez adresser les réclamations officielles et publiques que l'on fait en votre nom, et que vous avez la faiblesse de signer, mais à celui qui est le juge suprême, à qui vous avez re..nis votre cause et dont je ne fais qu'exécuter les sentences. Aussi, veuillez m'envoyer quelques exemplaires du Mémoire, et je les ferai parvenir de suite à la Sacrée Congrégation, tout prêt à me conformer à ses décisions, si elle en formule de nouvelles.

Mais je tiens à vous le rappeler, mon cher Abbé : si l'autorité de qui relève la cause est à Rome, vous avez à Reims un père dont les bras sont ouverts pour vous recevoir et qui sera toujours prêt à vous témoigner sa tendresse, pourvu que vous gardiez les bons sentiments de l'année dernière ; vous m'écriviez alors : « Je veux être bien sincèrement et bien humblement, en Notre-Dame de Bon-Secours et en saint Remi, bon et fidèle, comme Monseigneur le souhaite ! » Vous ajoutiez, que vous ne feriez plus aucune démarche sans avoir pris mon conseil. — Hélas ! que n'avez-vous agi ainsi ? Vous ne seriez pas aujourd'hui rentré dans la voie fatale des récriminations violentes qui troubleront votre vie et peuvent compromettre votre salut. Mais, cher Abbé, venez me voir, nous causerons cœur à cœur, et peut-être, sous la parole de votre archevêque, le père de votre âme, votre meilleur ami, vos illusions seront-elles dissipées.

Je vous attendrai mardi 17, entre cinq et six heures, car je pars mercredi de grand matin pour huit ou dix jours. — Je vous embrasse et vous bénis, mon cher Abbé, comme un fils un moment surpris et trompé, qui est disposé à revenir au Bon Pasteur, heureux de le retrouver.

† BENOIT MARIE, archev. de Reims.

XII

M. l'abbé Maurice à Son Excellence Monseigneur l'Archevêque.

Monseigneur,

Votre honorée datée du 15 ne m'arrive qu'aujourd'hui 17 ; j'y réponds poste pour poste.

Si je suis bien informé, le Mémoire a été remis aux mains du Saint Père ayant passé à la Sacrée Congrégation, il est inutile et pourrait être très-dangereux de négocier avec l'évêque. On ne plaisante pas à Rome sur ce chapitre là ; les chancelleries romaines sont d'une logique inflexible ; une démarche de ma part à Reims en ce moment serait donc inopportune au suprême degré.

Quant à ce qui est des exemplaires du Mémoire, si le besoin s'en fait sentir à la Sacrée Congrégation, il me paraît plus rationel que ce soit moi qui les lui fasse parvenir.

J'aurai l'honneur de répondre à Votre Excellence plus tard avec détails ; qu'il me suffise aujourd'hui de lui faire remarquer que le nouvel appel se fait au nom de M. l'abbé Defourny, exclusivement. Certes, je l'approuve de toute mon âme, mais c'est affaire de for intérieur pour moi, rien de plus. Aussi n'ai-je point eu à le signer. Je regarde faire, et c'est tout.

J'ai l'honneur, etc.

J. MAURICE.

XIII

M. l'abbé Maurice à Son Excellence Monseigneur l'Archevêque.

Monseigneur,

J'ai promis à Votre Excellence de répondre avec détails à sa lettre datée du 15, mise à la poste à Reims le 16, et que je n'ai pu recevoir que le 17.

Vous me parlez d'abord longuement de mes résolutions de la retraite de l'an dernier, comme si mes sentiments avaient été nouveaux à la retraite, ou comme s'ils étaient changés aujourd'hui. Mes sentiments n'ont jamais varié. Lorsque par la sentence du 3 juillet 1868, la sainte Eglise Romaine, par l'organe de la Sacrée Congégation *super Episcopis*, m'eut débouté des fins de mon recours au Saint-Siége. je me soumis immédiatementà la sentence, et je me déclarai même prêt, quoiqu'il m'en coûtât plus que Votre Excellence ne pourra jamais le comprendre, prêt à quitter Neuvizy et à accepter une autre paroisse. Et cela parce que je croyais (par erreur) que Rome m'y obligeait. Lors de la retraite de 1875, lorsque vous me dites que la Sacrée Congrégation *super Episcopis* vous avait écrit qu'il n'y avait rien à faire pour moi, *rien*, rien, comme vous me l'avez répété avec redondance, je vous ai répondu que, puisqu'il en était ainsi, je me tiendrais tranquille, et que je serais toujours bon et fidèle. C'est absolument le même langage que j'avais tenu, vous le voyez, lors de la sentence du 3 juillet 1868, le jour où je l'ai connue, le dix du même mois, et encore le 5 août suivant, comme mes deux lettres adressées à Mgr Landriot, à ces deux dates, en témoignent. En sorte que « le cœur sacerdotal et la foi » de l'abbé Maurice qui « vous ont apparu » à la retraite de l'an dernier, ne sont pas du tout chose nouvelle, ils sont prouvés par toute ma vie et mes œuvres, sans excepter la période de la persécution.

Je vous ai aussi témoigné, à cette époque de la retraite, une vraie confiance, parce qu'il me semblait voir en vous de la bonté. C'est une preuve de la simplicité et de la droiture qui sont le fond de mon caractère, qui sont aussi des dons de Dieu.

Je ne regrette jamais, quoi qu'il arrive ensuite, d'avoir agi en vertu de ces mobiles.

Dans ma simplicité, je n'aurais pas imaginé que ma lettre du 12 dût vous affliger. La vôtre du 15 a surpris ma droiture et m'a ouvert les yeux. Je vois que vous aviez demandé un mémoire à M. Defourny, mais que de votre part ce n'était pas sérieux. Vous lui aviez dit à Saint-Walfroy, lorsqu'il vous proposait de demander au Saint-Siége un juge-commissaire apostolique : « Je suis juge, et je veux juger ! » Je vois par votre lettre du 15 que ce n'était pas encore sérieux. Parce qu'il a rédigé le *Mémoire* que vous lui aviez demandé, pour vous en occuper *dans six ou huit mois;* parce que ce Mémoire ne consiste pas dans *quelques notes intimes,* dont vous ne lui aviez pas parlé et dont vous n'auriez rien fait; parce qu'il a entendu dans le sens obvie vos paroles : « Je suis juge et je veux juger; » voilà que vous lui prodiguez les injures dans la lettre que vous m'avez fait l'honneur de m'écrire le 15. *L'audace, l'indélicatesse, la déloyauté* sortent de votre plume. Vous vous méprenez grandement, Monseigneur, croyez-moi; j'ai l'âge, une expérience longue et variée des hommes et des choses ; et si je n'ai pas, comme vous, la perfection du caractère sacerdotal, je porte néanmoins ce caractère et ce degré de la divine hiérarchie que le vénérable Bède assimile en beaucoup de points à l'épiscopat : *Gradus in multis simillimus.* Croyez-moi, je connais M. Defourny, et il n'est rien moins que tout cela. Vous l'appelez encore mon mauvais ange. En vérité, Mgr Landriot n'aurait pas parlé autrement. Les mauvais anges de vos deux prédécesseurs sont les menteurs qui ont trompé le premier et secondé le second ; les ont fait mourir tous deux, et ont trompé indignement et impudemment le Saint-Siége. Mon amour-propre, dont j'ai nécessairement appris à faire bon marché, n'est pas blessé, je vous l'assure, par l'idée que vous avez que M. Defourny m'a conduit et inspiré. On pourrait, du reste, choisir un plus mauvais guide. Mais vous vous trompez, et la vérité, la voici : M. Defourny m'avait conseillé, à l'origine de l'affaire, il y a douze ans, de m'arranger avec Mgr Gousset, plutôt que de plaider. Il m'a répété quelques fois ce conseil au cours de l'affaire. Quand nous rédigions ensemble un mémoire, un document, c'était toujours moi qui le pressais, c'était moi « l'impatient. » Voilà la vérité. Lorsque j'ai signé sur son conseil, pour n'être pas, même seulement en apparence, désobéissant au Saint-Siége, le 9 novembre 1871, M. Defourny avait déjà conçu son projet de reprendre l'affaire *dans l'intérêt du Saint-Siége* et des Églises de France. Il poussa la délicatesse au point de ne me le révéler que plus tard, de peur que ma signature ne fût indélicate. Voilà une nuance de délicatesse que les faussaires ne saisiront jamais.

Ma droiture est encore surprise, Monseigneur, en voyant ce que me révèle pleinement votre lettre du 15, au sujet du voyage de M. Defourny à Rome. Vous lui attribuez deux choses : 1° votre impuissance à rien faire, rien pour moi, interdit de l'Église par M. Valentin. — Mais ce n'est pas M. Defourny, c'est vous, par M. Juillet, envoyé à Rome sur ses pas, qui avez obtenu la lettre de la Sacrée Congrégation, qui vous disait de ne rien faire, rien ! 2° Vous lui attribuez d'être allé à Rome *pour y porter mon Appel.* Mais il n'y est point allé pour cela. Il y allait pour plusieurs autres objets importants, et aussi pour l'approbation solennelle *de la Société de l'Œuvre apostolique.* L'obstacle qu'il rencontra pour ce dernier objet seulement, consistait dans les calomnies les plus grossières et les fables les plus absurdes contre M. Jullion et sa sainte Œuvre, lesquelles se rattachent à ma cause ; c'est pour cela, uniquement, qu'il demanda communication du dossier que M. Juillet, votre envoyé, lui fit refuser, par la raison que la cause était jugée. L'objet de son Mémoire est tout autre.

Votre Excellence me parle *d'erreur qui se serait glissée dans le jugement au contentieux de l'affaire de Neuvizy.* Je suis encore surpris de ce langage : d'abord, il ne s'est pas glissé d'erreur dans le jugement proprement dit, rendu conformément au droit et aux *allegata* et *probata.* Mais pourquoi parler d'erreur quand il s'agit de crimes ? On a toujours fait la différence entre une erreur et un crime, entre une erreur et le faux témoignage. Enfin, s'il y a erreur, pourquoi trouver mauvais qu'on cherche à en obtenir la réparation ? C'est un devoir une erreur préjudiciable à autrui, lorsqu'on le peut. C'est donc un devoir d'aider la Sacrée Congrégation à réparer la sienne ; et l'empêcher, c'est un crime. Des crimes et des erreurs, il en restera assez à punir et à redresser par la justice de Dieu, dont vous me parlez ; que la justice du Vicaire de Jésus-Christ, laquelle est déjà le Tribunal de ce Souverain Juge sur la terre, en redresse le plus possible. C'est le vœu que, comme Évêque et Juge dans l'Eglise, vous devez former avec moi, c'est à cet objet que vous devez vous employer.

Il me semble, Monseigneur, que vous n'avez pas lu le Mémoire de M. Defourny ; il y est parfaitement établi que toute sentence obtenue par de faux témoignages est nulle et doit être révisée et cassée. Quiconque a conservé le sens naturel du juste et de l'injuste comprend cela. C'est là le but que poursuit M. Defourny, à ses risques et périls. Mais on ne peut l'appeler *audacieux* pour cela que dans un temps oublieux de toute justice, alors que le crime seul est assez hardi pour lever la tête et prétendre triompher jusqu'à la fin.

Votre Excellence m'écrit encore qu'elle avait l'intention, et qu'elle l'a manifestée à son Conseil, il y a quelques jours à peine, c'est-à-dire après quinze mois de réflexion, de m'offrir une paroisse. Je suis encore surpris. Votre Excellence ne peut guère ignorer que Mgr Landriot a voulu, non pas seulement m'offrir une paroisse, mais m'en imposer une, et que je n'ai jamais voulu en accepter une autre (excepté le jour où, par erreur, je croyais que Rome m'y obligeait).

En achevant cette réponse, j'ai à remplir un devoir. Je dois protester contre les expressions dont vous vous servez à la fin de votre lettre, lorsque vous parlez de moi comme d'une brebis un moment surprise et égarée. La brebis que je suis n'a jamais été égarée. Des mercenaires ont voulu la salir et l'assommer ; mais par la grâce de Dieu, elle vit encore, et elle est toujours restée fidèle, attendant un pasteur qui donne, non sa vie pour elle, elle n'en demande pas tant, mais seulement un grain de justice. *Dies mali sunt.* La brebis attendra, s'il le faut, la justice de Dieu, qui n'attend pas toujours, elle, l'éternité pour se faire sentir ; en attendant, la brebis continuera de célébrer le saint sacrifice dans les catacombes de sa maison, et elle l'offrira sans amertume, comme il convient à une brebis, pour que d'autres catacombes, préparées par les iniquités du sanctuaire, ne s'ouvrent pas pour la sainte Église.

J'ai l'honneur, etc.

J. MAURICE.